Oscar Wilde

Hauptsache Ernst
(The Importance of Being Earnest) -

neu ins Deutsche übertragen

von Michael Rasmus Schernikau.

Bibliografische Information der Deutschen Nationalbibliothek:
Die Deutsche Nationalbibliothek verzeichnet diese Publikation in der
Deutschen Nationalbibliografie; detaillierte bibliografische Daten sind
im Internet über http://dnb.dnb.de abrufbar.

Übersetzung © 2018 Michael Rasmus Schernikau
  (http://michael-rasmus-schernikau.de)

Bildmaterial Cover: thinkstockphotos.de
  (GlobalP/iStock/Thinkstock;
  kwasny221/iStock / Thinkstock;
  reach-art/iStock/Thinkstock)
Fonts (Cover, Buchblock): Vollkorn. Copyright © 2013 by
 Friedrich Althausen (http://friedrichalthausen.de).
 All rights reserved. This Font Software is licensed under the
 SIL Open Font License, Version 1.1.

Herstellung und Verlag: BoD – Books on Demand,
 Norderstedt

ISBN: 9783746037103

Inhaltsverzeichnis

Personen

JOHN WORTHING (JACK), *Friedensrichter in Woolton, Hertfordshire*

ALGERNON MONCRIEFF, *sein bester Freund*

HOCHWÜRDEN DR. CASULA [1]

MERRIMAN, *Jacks Butler*

LANE, *Algernons Diener*

LADY BRACKNELL

GWENDOLEN, *ihre Tochter*

CECILY CARDEW, *Jacks Mündel*

MISS PRISM, *ihre Gouvernante*

Zeit: Gegenwart (1895)

1. Akt

Salon (mit Blick nach Osten) in Algernons Wohnung in der Half Moon Street. Das Zimmer ist ebenso luxuriös wie geschmackvoll möbliert. Im Nebenraum hört man Klavierspiel.
LANE deckt den Tisch für den Fünfuhr-Tee. Sobald die Musik verstummt ist, betritt ALGERNON die Szene.

ALGERNON: Na, Lane, haben Sie gehört was ich spielte?

LANE: Ich hielt es für höflicher, nicht zu lauschen, Sir.

ALGERNON: Schade, Schade, Lane. Na schön, ich spiele zwar nicht exakt – exakt spielen kann doch jeder – aber ich spiele mit einem wundervollen Ausdruck. Am Klavier ist das Gefühl meine starke Seite. Wissenschaftliche Exaktheit hebe ich mir für das Leben da draußen auf. Das nenne ich Kunst.

LANE: Sehr wohl, Sir.

ALGERNON: Apropos Lebenskunst… wie steht es mit den Gurkensandwiches für Lady Bracknell?

LANE: Bitte, hier sind sie, Sir. *Reicht sie auf einem Tablett.*

ALGERNON *prüft sie, nimmt zwei und anschließend Platz auf dem Sofa.*: Ach…übrigens, Lane,… Ihrer Abrechnung entnehme ich, dass am Donnerstagabend, als Lord Shoreham und Mr Worthing bei mir speisten, offenbar acht Flaschen getrunken wurden. Das alles sollen wir gewesen sein?

LANE: Aber gewiss doch, Sir. Acht Flaschen Champagner und eine Halbe - Bier meine ich.

ALGERNON: Warum trinken eigentlich bei den Junggesellen immer die Diener den Champagner? Ich frage nur so, aus Interesse.

LANE: Sir, das dürfte meines Erachtens daran liegen, dass der Champagner dort schlicht und ergreifend einfach vorzüglich ist. Wenn die Herrschaften erst mal verheiratet sind, dann gönnen sie sich kaum noch erstklassige Marken – das habe ich leider nur allzu oft feststellen müssen.

ALGERNON: Du meine Güte! Zieht die Ehe den Menschen denn so herunter?

LANE: Ich glaube, sie ist tatsächlich ein überaus angenehmer Zustand, Sir. Bis jetzt habe ich freilich nur sehr wenig Erfahrung auf diesem Gebiet, ich war nämlich nur einmal verheiratet – infolge eines Missverständnisses zwischen einem jungen Ding und mir.

ALGERNON *matt*: Ich glaube nicht, dass mich Ihr Familienleben sonderlich interessiert, Lane.

LANE: Nein, Sir, es ist auch kein besonders interessantes Thema. Ich selber denke auch nie daran.

ALGERNON: Das ist doch ganz normal, Lane. Das wäre dann alles. Danke.

LANE: Ich danke Ihnen, Sir .*Geht hinaus.*

ALGERNON: Ansichten über die Ehe hat dieser Lane! Also wirklich! Wenn uns die unteren Schichten nicht mit gutem Beispiel vorangehen, wozu um alles in der Welt sind sie dann nütze? Als gesellschaftliche Klasse scheinen sie überhaupt keinen Sinn für moralische Verantwortung zu haben!

Lane tritt auf.

LANE: *meldet*: Mister Ernest Worthing.

JACK tritt auf, LANE ab.

ALGERNON: Mein lieber Ernst, wie geht es dir? Was führt dich denn in die Stadt?

JACK: Och, Vergnügen, nur reines Vergnügen. Was sonst treibt den Menschen denn an? Und du, Algy, isst mal wieder, wie gewöhnlich!

ALGERNON *steif*: In unseren Kreisen ist es doch wohl üblich, glaube ich, dass man um fünf Uhr eine leichte Erfrischung zu sich nimmt. Wo hast du denn seit letzten Donnerstag gesteckt?

JACK *nimmt auf dem Sofa Platz*: Auf dem Land.

ALGERNON: Was, um Himmels Willen, machst du da nur?

JACK *zieht die Handschuhe aus*: In der Stadt amüsiert man sich. Auf dem Land amüsiert man die Anderen. Das ist so was von langweilig!

ALGERNON: Und die Leute, die du amüsierst, sind...?

JACK *leichthin*: Bloß Nachbarn.

ALGERNON: Und, nette Nachbarn bei dir in Shropshire?

JACK: Einfach entsetzlich! Ich rede niemals auch nur ein Wort mit ihnen.

ALGERNON: Da musst du sie aber mächtig amüsieren! *Geht zum Tisch und nimmt sich noch ein Sandwich.* Apropos ... Shropshire ist doch deine Grafschaft, nicht wahr?

JACK: Wie? Shropshire? Ach so, ja, ja, natürlich. Nanu? Warum all die Tassen? Und Gurkensandwiches? So jung und schon so leichtsinnige Extravaganzen? Warum? Wer kommt zum Tee?

ALGERNON: Och, bloß Tante Augusta und Gwendolen.

JACK: Nein, wie wunderbar!

ALGERNON: Ja, ja, alles schön und gut, ich fürchte jedoch nur, Tante Augusta dürfte von deiner Anwesenheit nicht allzu erbaut sein.

JACK: Darf ich fragen, weshalb?

ALGERNON: Tja, mein Guter, die Art und Weise, wie du mit Gwendolen flirtest, ist einfach unmöglich – fast schon so schlimm, wie die Art, in der Gwendolen mit dir flirtet.

JACK: Aber ich liebe Gwendolen! Ich bin extra nach London gekommen, um ihr einen Heiratsantrag zu machen.

ALGERNON: Ich dachte, du wärst nur zu deinem Vergnügen gekommen. So etwas nenne ich Geschäft.

JACK: Dir fehlt einfach jeder Sinn für Romantik!

ALGERNON: Ich kann einfach wirklich nichts Romantisches an einem Heiratsantrag finden. Verliebt sein, das ist romantisch, äußerst romantisch,… aber so ein endgültiger Heiratsantrag… am Ende wird man vielleicht auch noch erhört – ich glaube, gewöhnlich wird man das sogar – und dann ist der ganze Zauber flöten. Die Ungewissheit ist es, was Romantik doch gerade erst ausmacht. Wenn ich jemals heiraten sollte, werde ich ganz sicher versuchen, das zu vergessen.

JACK: Das glaube ich dir sofort, Algy. Scheidungsprozesse sind eigens für solche Leute erfunden worden, deren Gedächtnis so merkwürdig beschaffen ist.

ALGERNON: Ach was, spekulieren bringt nichts! Scheidungen werden nun einmal im Himmel beschlossen.

JACK streckt die Hand nach den Gurkensandwiches aus. Sofort hält ihn ALGERNON zurück.

ALGERNON: Rühr die Gurkensandwiches nicht an! Ich habe sie extra für Tante Augusta machen lassen. *Nimmt selbst eins und isst.*

JACK: Aber du isst sie doch schon die ganze Zeit!

ALGERNON: Das ist etwas anderes. Immerhin ist sie meine Tante. *Nimmt einen Teller aus dem unteren Fach des Teewagens und stellt ihn auf den Tisch.* Nimm dir doch von dem Brot mit Butter. Das hier ist für Gwendolen. Gwendolen ist verrückt nach Brot und Butter.

JACK *geht zum Tisch und bedient sich*: Ist ja auch sehr gutes Brot... und seeehr guuute Butter.

ALGERNON: Na, na, Freundchen, du musst dich ja nicht gleich so hineinstürzen, als wolltest du sie noch völlig verschlingen. Du führst dich ja auf, als wärt ihr beide schon Mann und Frau. Noch bist du nicht mit ihr verheiratet, und ich glaube auch nicht, dass es jemals so weit kommt.

JACK: Warum, zum Kuckuck, sagst du das?

ALGERNON: Tja, erstens heiraten Mädchen nie die Männer, mit denen sie flirten. Mädchen halten das für verkehrt.

JACK: So ein Blödsinn!

ALGERNON: Keine Spur. Es ist eine fundamentale Wahrheit. Das erklärt nämlich all die Scharen von Junggesellen, die man hier überall herumlaufen sieht. Und zweitens gebe ich nicht meine Zustimmung.

JACK: Deine Zustimmung?

ALGERNON: Gwendolen ist meine Cousine ersten Grades, mein Freund. Und bevor ich dir erlaube, sie zu heiraten, wirst du mir noch eines erklären müssen und zwar die Sache mit Cecily. *Läutet nach LANE.*

JACK: Cecily? Verdammt, wovon redest du denn bloß? Was willst du damit sagen, Algy? Ich kenne keine Cecily.

LANE tritt auf.

ALGERNON: Bringen Sie mir das Zigarettenetui, das Mr Worthing im Rauchzimmer hat liegen lassen, als er zuletzt bei mir speiste.

LANE: Sehr wohl, Sir. *Ab.*

JACK: Willst du etwa allen Ernstes behaupten, dass du die ganze Zeit mein Zigarettenetui gehabt hast? Ich wünschte bei Gott, du hättest mir das früher gesagt! Die ganze Zeit schon schreibe ich verzweifelte

Briefe an Scotland Yard – ich war sogar drauf und dran, eine hohe Belohnung auszusetzen.

ALGERNON: Ich wünschte wirklich, das würdest du. Ich bin zur Zeit nämlich besonders knapp bei Kasse.

JACK: Sinnlos, jetzt wo das Ding doch sowieso gefunden ist.

LANE tritt auf mit dem Zigarettenetui auf einem Tablett. ALGERNON nimmt es sofort an sich. LANE ab.

ALGERNON: Also wirklich, das ist ganz schön schäbig von dir, Ernst. *Öffnet das Zigarettenetui und betrachtet es.* Aber ist ja auch egal; jetzt, wo ich mir die Inschrift auf der Innenseite des Deckels so ansehe, muss ich feststellen, dass dir das Ding wohl doch nicht gehört.

JACK: Natürlich ist es meins! *Geht auf ihn zu.* Du hast mich doch schon hundertmal damit gesehen und du hast überhaupt kein Recht zu lesen, was da drin steht. So etwas tut ein Gentleman nicht!

ALGERNON: Ach, unumstößliche Regeln über das, was man lesen soll und was nicht, sind doch lächerlich! Mehr als die Hälfte unserer heutigen Kultur basiert auf dem, was man nicht lesen soll.

JACK: Wem sagst du das! Ich habe jedoch nicht die geringste Absicht, über unsere heutige Kultur zu diskutieren. Das ist kein Thema, über das man privat sprechen sollte. Ich möchte einfach nur mein Zigarettenetui zurück.

ALGERNON: Ja, aber das ist nicht dein Zigarettenetui. Dieses Zigarettenetui hier ist ein Geschenk von einer gewissen Cecily und du hast doch gerade erst gesagt, dass du keine Person dieses Namens kennst.

JACK: Na schön, wenn du es genau wissen möchtest: Cecily ist zufälligerweise meine Tante.

ALGERNON: Deine Tante!

JACK: Ja. Eine reizende, alte Dame, übrigens…
wohnt in Tunbridge Wells. Und nun gib mir
schon mein Etui, Algy!

ALGERNON *weicht hinter das Sofa zurück*: Aber
warum nennt sie sich „deine kleine Cecily"
wenn sie in Tunbridge Wells wohnt und deine
Tante ist? *Liest vor* „Von deiner kleinen Cecily
mit der innigsten Liebe".

JACK *stürzt sich auf das Sofa und kniet sich drauf*:
Mensch, Algy, was soll denn das jetzt?!
Manche Tanten sind groß, manche Tanten
nicht. Das sollte doch wohl jede Tante für sich
allein entscheiden dürfen. Du glaubst doch
wohl nicht allen Ernstes, dass jede Tante
genauso wie deine sein muss! Das ist doch
lächerlich. Um Himmels willen, gib mir mein
Zigarettenetui! *Jagt ALGERNON durch das
Zimmer.*

ALGERNON: Schon, aber warum nennt dich
deine Tante dann ihren Onkel? „Von deiner
kleinen Cecily mit der innigsten Liebe für

Onkel Jack". Es spricht – zugegeben – nichts dagegen, dass eine Tante klein sein kann, aber dass eine Tante, egal wie groß oder klein sie auch immer sein mag, ihren eigenen Neffen ihren Onkel nennen sollte… also das kann ich wirklich nicht begreifen. Außerdem heißt du doch gar nicht Jack, du heißt Ernst.

JACK: Nein, nicht Ernst. Jack heiße ich.

ALGERNON: Aber du hast mir doch immer gesagt, dein Name sei Ernst! Allen Leuten hab' ich dich vorgestellt als Ernst. Du hörst auf den Namen Ernst und genauso siehst du auch aus: Von Kopf bis Fuß Ernst. Ich habe noch nie einen Menschen gesehen, der so Ernst aussieht wie du. Und jetzt kommst du auf einmal an und sagst, dass du gar nicht Ernst heißt? Das ist doch absurd! Sogar auf deinen Visitenkarten steht es. Hier ist ja schon eine. *Er nimmt eine von der Ablage.* «Mr Ernest Worthing, B4, The Albany, London». Das heb' ich mir jetzt auf, als Beweis dafür, dass du auch tatsächlich Ernst heißt… nur für den Fall, dass du versuchen solltest es abzustreiten, egal ob mir gegenüber, Gwendolen oder wem auch immer.

JACK: Also schön: Ja, ich heiße Ernst und zwar hier in der Stadt. Auf dem Land heiße ich Jack und dieses Zigarettenetui habe ich auf dem Land bekommen.

ALGERNON: So weit, so gut. Das erklärt nur aber immer noch nicht, warum deine kleine Tante Cecily, die in Tunbridge Wells wohnt, dich ihren lieben Onkel nennt. Na komm, alter Knabe, jetzt aber mal schön den Mund aufmachen.

JACK: Algy, du redest ja wie ein Zahnarzt! Das ist äußerst geschmacklos, wenn man kein Zahnarzt ist. So etwas macht nur einen falschen Eindruck.

ALGERNON: Das machen Zahnärzte doch immer. Aber nun komm, erzähl mir die ganze Geschichte. Denn weißt du, was dich betrifft, da hatte ich nämlich schon immer einen ganz bestimmten Verdacht, mein Freund, aber jetzt endlich habe ich Gewissheit: Du bist ein heimlicher, kleiner Bunburyist.

JACK: Bunburyist? Was zum Geier soll denn das sein?

ALGERNON: [Wir können meinetwegen auch Bunburyaner sagen, wenn dir das lieber ist]. Ich will dir gerne erklären, was dieser unvergleichliche Terminus bedeutet, sobald du mir freundlicherweise verrätst, warum du dich in der Stadt Ernst nennst und Jack auf dem Land.

JACK: Na schön. Aber zuerst rückst du mein Zigarettenetui 'raus.

ALGERNON: Bitteschön. *Reicht ihm das Zigarettenetui.* Und jetzt rückst du 'raus mit deiner Erklärung... und wenn ich bitten darf: Möglichst spektakulär.

JACK: Ganz im Gegenteil, mein Freund. Meine Erklärung ist sogar ausgesprochen trivial und völlig alltäglich. Mister Thomas Cardew - jener ältere Herr, der mich adoptierte, als ich ein kleiner Junge war - hat mich in seinem Testament zum Vormund seiner Enkelin ernannt. Sie heißt Cecily und aus einer Art von kindlichem Respekt, die du wohl nie ganz begreifen wirst, nennt sie mich ihren Onkel. Sie lebt auf meinem Landsitz, in der Obhut ihrer vortrefflichen Gouvernante Miss Prism.

ALGERNON: Ach ja,… wo war dein Landsitz doch gleich noch mal?

JACK: Das, Freundchen, geht dich überhaupt nichts an. Du wirst sowieso nicht eingeladen. Aber eines kann ich dir ganz offen sagen: In Shropshire wohne ich jedenfalls nicht.

ALGERNON: Das hab' ich mir bereits gedacht, mein Guter. Auf meiner Bunbury-Tour hab' ich schon zweimal ganz Shropshire abgegrast. Aber jetzt erzähl doch endlich! Warum nennst du dich Ernst in der Stadt und Jack auf dem Land?

JACK: Mein lieber Algy, ich weiß nicht, ob du meine wahren Gründe verstehen kannst.

Dazu fehlt es dir einfach am nötigen Ernst. Wenn man sich plötzlich in der Rolle des Vormunds wiederfindet, muss man in allen Fragen einen durch und durch korrekten… ich meine natürlich hochmoralischen Ton anschlagen. Das ist die Pflicht eines jeden Menschen. Aber da so ein hochmoralischer Ton kaum zum persönlichen Wohlbefinden beiträgt, musste ich mir etwas einfallen lassen, um 'raus nach London zu können: einen jüngeren Bruder namens Ernst, der in The Albany wohnt und andauernd in die schlimmsten Bredouillen gerät. Und das, Algy, ist schlicht und einfach ist die reine Wahrheit.

ALGERNON: Die Wahrheit ist niemals einfach – und oft sogar alles andere als rein und unschuldig; ansonsten wäre unser heutiges Leben äußerst fade und unsere heutige Literatur einfach ein Ding der Unmöglichkeit.

JACK: Was gar nicht mal so übel wäre.

ALGERNON: Literaturkritik ist nicht deine Stärke, mein Freund. Versuch' es gar nicht erst. Das solltest du lieber denjenigen überlassen, die nie eine Uni von innen gesehen haben. In unseren Zeitungen zum Beispiel machen sie das doch so nett.[2]
Aber du bist tatsächlich ein Bunburyaner. Ich hatte völlig recht damit. Ein Bunburyaner bist du und einer der Besten, die ich kenne!

JACK: Verflixt, was meinst du nur mit diesem Wort?

ALGERNON: Du hast einen äußerst nützlichen jüngeren Bruder namens Ernst erfunden, damit du so oft, wie du willst, in die Stadt fahren kannst. Ich habe einen unschätzbaren Dauerkranken namens Bunbury erfunden, damit ich 'raus aufs Land kann, wann immer es mir beliebt. Bunbury ist einfach unersetzlich! Wenn Bunbury nicht so schrecklich krank wäre, dann könnte ich zum Beispiel heute Abend nicht mit dir im Willis 's speisen [- du weißt schon, jenes Restaurant, wo auch Oscar Wilde und Lord Alfred

Douglas immer so gerne hingingen -][3] denn eigentlich bin ich seit über eine Woche mit Tante Augusta verabredet.

JACK: Ich habe dich nicht gebeten, mit mir heute Abend essen zu gehen, egal wohin.

ALGERNON: Ich weiß. Du bist so unvernünftig nachlässig mit deinen Einladungen. Ganz schön dumm von dir, das. Nichts nervt die Leute mehr, als wenn sie nicht eingeladen werden.

JACK: Du solltest besser mit deiner Tante speisen.

ALGERNON: Ich habe nicht die geringste Absicht, dergleichen zu tun. Zunächst einmal war ich schon am Montag bei ihr zum Dinner und ein Dinner pro Woche mit der lieben Verwandtschaft reicht völlig. Außerdem behandeln sie mich dann jedesmal wie ein Familienmitglied und ich habe entweder gar keine Tischdame oder gleich zwei auf einmal. Und drittens weiß ich nur allzu gut, für wen Tante Augusta mich heute Abend zum

Tischnachbarn erkoren hat: Für Mary Farquhar, die andauernd über den Tisch hinweg flirten muss und dann auch noch immer mit ihrem eigenen Mann. Das ist nicht besonders angenehm. Es gehört sich nicht mal und dennoch greift dieses Verhalten geradezu um sich. Also wirklich, es ist einfach skandalös wie viele Frauen hier in London mit ihren eigenen Männern flirten! Es sieht so was von unmöglich aus... grad' so als wüsche man in aller Öffentlichkeit seine saubere Wäsche. Außerdem, jetzt wo ich weiß, dass du ein überzeugter Bunburyaner bist, möchte ich mit dir natürlich noch über die Bunbury-Tour sprechen. Ich muss dir die Regeln erklären.

JACK: Ich und Bunburyaner? Von wegen! Wenn Gwendolen mich erhört, dann muss mein Bruder dran glauben – und, wenn ich mir's recht überlege, muss ich ihn ohnehin unbedingt loswerden, so oder so. Cecily interessiert sich nämlich ein bisschen zu sehr für ihn. Das ist ganz schön lästig. Also werd' ich ihn los, den Ernst. Und das Gleiche rate ich dir auch dringend bezüglich deines Mister

– wie heißt er doch gleich, dein kranker Freund mit dem komischen Namen?

ALGERNON: Nichts wird mich je dazu bringen können, mich von Bunbury zu trennen. Und wenn du jemals heiraten solltest – was mir übrigens höchst problematisch scheint -, wirst du noch froh sein, über Bunbury Bescheid zu wissen. Ein Mann der sich bindet und von der Bunbury-Tour keine Ahnung hat, bringt sich nur selbst um alle künftigen Freuden des Lebens.

JACK: Blödsinn. Wenn ich so ein reizendes Mädchen wie Gwendolen heirate – und sie ist die Frau meines Lebens, die ich heiraten möchte – , dann will ich mit deinem Bunbury ganz sicher nichts zu tun haben.

ALGERNON: Dafür wird dann deine Frau nicht ihre Fingerchen davon lassen können. Du scheinst dir wohl nicht im Klaren zu sein, dass in der Ehe erst drei überhaupt Gesellschaft bedeuten. Zu zweit ist man einsam.

JACK *moralinsauer*: Genau das, mein Freund, ist jene Theorie, die uns das liederliche französische Drama schon seit über 50 Jahren verkündet.

ALGERNON: Ja. Und die ach so glückliche englische Familie hat sie bereits in der Hälfte der Zeit bewiesen.

JACK: Um Gottes Willen, werd' bloß nicht zynisch! Es ist so einfach, zynisch zu sein.

ALGERNON: Ach, mein Guter, es ist nicht einfach, in unserer heutigen Zeit auch nur irgendetwas zu sein – bei all der scheußlichen Konkurrenz immer und überall.
Man hört die Türklingel. Ah, das ist bestimmt Tante Augusta. Nur Gläubiger oder Verwandte spielen den Walkürenritt auf der Türklingel. Also gut, wenn ich sie dir für zehn Minuten vom Hals schaffe, damit du Gwendolen in aller Ruhe deinen Antrag machen kannst, gehst du dann heute Abend mit mir ins Willis 's?

JACK: Na schön, wenn du willst.

ALGERNON: Ja, aber es muss dir auch wirklich Ernst damit sein. Ich hasse Leute, denen es mit dem Essen nicht Ernst ist. Es ist so oberflächlich von ihnen.

LANE tritt auf.

LANE: Lady Bracknell und Miss Fairfax.

ALGERNON geht ihnen entgegen, um sie zu begrüßen. LADY BRACKNELL und GWENDOLEN treten auf.

LADY BRACKNELL: Guten Tag, mein lieber Algernon, ich hoffe, du benimmst dich gut?

ALGERNON: Ich befinde mich ausgezeichnet, Tante Augusta.

LADY BRACKNELL: Das ist nicht ganz dasselbe. Genaugenommen schließt das Eine das Andere so oft aus. *Sie bemerkt JACK und deutet höflich, aber eiskalt, eine leichte Verneigung an.*

ALGERNON *zu GWENDOLEN*: Meine Güte, bist du schick!

GWENDOLEN: Ich bin doch immer schick. Nicht wahr, Mister Worthing?

JACK: Sie sind einfach vollkommen, Miss Fairfax.

GWENDOLEN: Oh, ich hoffe nicht. Das würde mir gar keinen Raum mehr lassen, um mich zu entwickeln, und das möchte ich noch in viele Richtungen.

LADY BRACKNELL: Tut mir leid, dass wir etwas zu spät sind, Algernon, aber ich musste unbedingt noch bei Lady Harbury vorbeischauen. Seit dem Tod ihres armen Mannes hab' ich die Gute nicht mehr gesehen - und wirklich, ich habe noch nie erlebt, dass sich eine Frau so verändert hat. Sie scheint jetzt gut und gern zwanzig Jahre jünger zu sein. Und jetzt hätte ich gerne eine Tasse Tee und eines dieser köstlichen Gurkensandwiches, die du mir versprochen hast.

ALGERNON: Sicher doch, Tante Augusta. *Geht zum Teetisch.*

LADY BRACKNELL: Gwendolen, möchtest du dich nicht lieber hierher setzen?

GWENDOLEN: Danke, Mamà, ich habe es hier ganz bequem so.

ALGERNON *entsetzt, den leeren Teller in der Hand*: Du meine Güte! Lane! Warum gibt es keine Gurkensandwiches? Ich habe sie doch extra bestellt.

LANE *ernst*: Es gab heute Morgen keine Gurken auf dem Markt, Sir. Zweimal bin ich hingegangen.

ALGERNON: Keine Gurken?!

LANE: Nein, Sir, nicht mal gegen Bargeld.

ALGERNON: Danke, Lane.

LANE: Ich danke Ihnen, Sir. *Ab.*

ALGERNON: Ich bin untröstlich, Tante Augusta. Keine Gurken! Nicht mal gegen Bares!

LADY BRACKNELL: Es macht wirklich nichts, Algernon. Ich hatte gerade ein paar Schnittchen bei Lady Harbury, die jetzt scheints einzig für ihr Vergnügen lebt.

ALGERNON: Sie soll ja – hab' ich gehört – vor Kummer jetzt völlig erblondet sein.

LADY BRACKNELL: Natürlich hat sie jetzt eine andere Haarfarbe – aber aus welchem Grund, weiß ich nicht. *ALGERNON reicht ihr den Tee.* Danke. Ach, Algernon, ich habe mir so etwas Nettes für dich ausgedacht, heute Abend. Deine Tischdame ist… Mary Farquhar! Sie ist so ein reizendes, kleines Ding und immer so aufmerksam zu ihrem Mann. Es ist einfach entzückend, den beiden zuzuschauen!

ALGERNON: Es tut mir leid, Tante Augusta, aber ich werde auf das Vergnügen, bei Euch zu speisen, wohl heute Abend verzichten müssen.

LADY BRACKNELL *runzelt die Stirn*: Ich hoffe doch nicht, Algernon! Es würde mir meine Tischordnung komplett durcheinander bringen. Dein Onkel müsste dann oben essen, allein. Aber zum Glück ist er ja daran gewöhnt.

ALGERNON: Es ist wirklich lästig und – das brauch' ich wohl kaum zu sagen – eine schreckliche Enttäuschung für mich, aber Tatsache ist, dass ich gerade ein überraschendes Telegramm erhalten habe. Mein armer Freund Bunbury ist schon wieder krank! *Wirft JACK einen Blick zu.* Man ist offenbar der Ansicht, ich sollte unbedingt bei ihm sein.

LADY BRACKNELL: Seltsam, sehr seltsam. Es ist schon merkwürdig, wie schlecht dieser Mister Bunbury stets dran ist.

ALGERNON: Na ja, er ist nun mal schrecklich krank, der Arme.

LADY BRACKNELL: Ich muss schon sagen, Algernon, ich denke, es ist höchste Zeit, dass Mister Bunbury sich endlich mal entscheidet, ob er jetzt leben oder sterben möchte. Dieses ewige Hin und Her in der Frage ist einfach lächerlich. Und von der heutigen Gefühlsduselei, was Kranke angeht, halte ich auch nichts. Ich finde das morbid. Krankheit – egal welcher Art auch immer – ist nichts, was man bei Anderen ermutigen sollte. Gesundheit ist die erste Bürgerpflicht. Das sag' ich auch immer deinem armen Onkel, aber der hört ja nie - zumindest was seine eigene Krankheit betrifft. Ich wäre dir sehr verbunden, wenn du Mister Bunbury in meinem Namen bitten würdest, am Samstag keinen Rückfall zu haben.

Ich verlasse mich nämlich darauf, dass du mein musikalisches Programm für mich gestaltest. Es ist mein letzter Empfang und wir brauchen etwas, das die Konversation beflügelt; besonders jetzt, am Ende der Saison, wenn jeder so gut wie alles gesagt hat, was er zu sagen hatte – und das war meist nicht grade viel.

ALGERNON: Ich werde mit Bunbury sprechen, wenn er noch bei Bewusstsein ist, und ich glaube, ich kann dir versprechen, dass es ihm bis Samstag wieder besser gehen wird. Natürlich ist das mit der Musikauswahl ganz schön schwierig. Spielt man gute Musik, hören die Leute nicht zu und wenn man schlechte Musik spielt, reden sie nicht. Aber ich werde meinen Programmentwurf gerne schon mal mit dir durchgehen, wenn du bitte einen Moment mit mir nach nebenan kommst.

LADY BRACKNELL: Danke Algernon, das ist sehr aufmerksam von dir. *Steht auf und folgt ALGERNON.* Ich bin mir sicher es wird ein wunderbares Programm, nachdem wir «ein Stück weit und nachhaltig» sichergestellt haben, dass es auch durch und durch korrekt ist.[4] Französische Chansons kann ich unmöglich erlauben. Die Leute denken immer, die seien unanständig und schauen schockiert, was einfach vulgär ist oder sie lachen und das ist noch schlimmer. Aber Deutsch scheint mir eine durch und durch korrekte... ich meine natürlich respektable Sprache zu sein und ich glaube, das ist sie auch. Gwendolen, du kommst mit mir.

GWENDOLEN: Selbstverständlich, Mamà.

LADY BRACKNELL und ALGERNON gehen in das Musikzimmer. GWENDOLEN bleibt zurück.

JACK: Schönes Wetter heute, Miss Fairfax.

GWENDOLEN: Bitte reden Sie nicht über das Wetter mit mir, Mister Worthing. Immer, wenn die Leute mit mir über das Wetter reden wollen, fühle ich instinktiv, dass sie in Wirklichkeit etwas Anderes meinen. Und das macht mich so... nervös.

JACK: Ich meine tatsächlich etwas Anderes.

GWENDOLEN: Das hab' ich mir schon gedacht. Tatsächlich liege ich immer richtig.

JACK: Wenn Sie gestatten, möchte ich Lady Bracknells vorübergehende Abwesenheit ausnutzen und…

GWENDOLEN: Das möchte ich Ihnen aber auch dringend raten. Mamà hat so eine Art ganz plötzlich ins Zimmer zu kommen, dass ich schon öfter mit ihr darüber reden musste.

JACK *nervös*: Miss Fairfax, seitdem ich Ihnen begegnet bin, verehre ich Sie mehr als jede Frau, der ich begegnet bin seit... ich Ihnen begegnet bin.

GWENDOLEN: Ja, das hab ich inzwischen auch bemerkt. Ich wünschte nur, dass Sie es in der Öffentlichkeit wenigstens etwas deutlicher zeigen würden. Sie haben mich schon immer einfach unwiderstehlich angezogen. Sogar bevor ich Sie das erste Mal sah, war ich Ihnen gegenüber alles andere als gleichgültig. *JACK starrt sie völlig verblüfft an.* Wie Sie hoffentlich wissen, Mister Worthing, leben wir in einer Zeit der Ideale - das erzählen uns jedenfalls die teureren Monatszeitschriften und auch in der Kirche wird uns das ständig gepredigt – sogar auf dem Land, wie man mir erzählt hat. Nun, mein Ideal war es schon immer, einen Mann zu lieben, der Ernst heißt. Der hat so was, dieser Name, das absolutes Vertrauen einflößt. Von jenem Augenblick an, als Algernon mir gegenüber auch nur einmal erwähnte, er hätte einen Freund namens Ernst, da wusste ich, dass es mein Schicksal war, dich zu lieben.

JACK: Gwendolen, du liebst mich wirklich?

GWENDOLEN: Leidenschaftlich!

JACK: Mein Schatz, du weißt gar nicht wie glücklich du mich machst.

GWENDOLEN: Oh, du mein Ernst!

JACK: Moment mal! Du willst doch nicht allen Ernstes sagen, dass du mich nicht lieben könntest, wenn ich nicht Ernst hieße?

GWENDOLEN: Aber du heißt doch Ernst!

JACK: Ja, ich weiß. Aber mal angenommen ich hieße anders. Soll das etwa heißen, dass du mich dann nicht lieben könntest?

GWENDOLEN *leichtfertig*: Ach, das ist doch bloß eine abstrakte Theorie und wie die meisten dieser theoretischen Grübeleien hat das ja nun überhaupt nichts zu tun mit unserer konkreten Lebenswirklichkeit - geschweige denn mit dem Ernst des Lebens.

JACK: Ehrlich gesagt, mein Schatz, mache ich mir eigentlich gar nicht so viel aus dem Namen Ernst. Ich glaube nicht, dass dieser Name so ganz der Richtige für mich ist.

GWENDOLEN: Aber er passt so wunderbar zu dir... wie angegossen! Dieser Name ist... einfach göttlich! Er klingt in mir wie Musik und ich fühle es durch und durch.

JACK: Also wirklich, Gwendolen, es gibt doch noch so viele hübschere Namen, meine ich. Jack zum Beispiel finde ich reizend.

GWENDOLEN: Jack? Nein, dieser Name hat fast gar keinen Klang. Und gar keinen Reiz. Er bringt in mir überhaupt nichts zum Klingen. Ich habe schon mehrere Jacks gekannt und sie alle waren durch die Bank außergewöhnlich fade. Außerdem ist Jack doch nur eine einschlägige Variante für den Hausgebrauch… eine Variante des Namens John. Und mir tut jede Frau leid, die mit einem John verheiratet ist. Niemals wird es ihr vergönnt sein, auch nur einen einzigen Moment für sich allein zu haben, in dem sie sich selbst verwirklichen kann. Nein! Nur mit einem Mann namens Ernst bin ich auf der sicheren Seite.

JACK: Gwendolen, ich muss mich sofort taufen lassen - ich meine natürlich wir müssen uns sofort trauen lassen… heiraten… und zwar unverzüglich!

GWENDOLEN: Heiraten, Mister Worthing?

JACK *verblüfft*: Äh… ja. Du weißt… äh… Sie wissen doch, dass ich Sie liebe, und Sie haben mich glauben lassen, dass ich Ihnen nicht ganz und gar gleichgültig sei.

GWENDOLEN: Ich bin verrückt nach dir. Aber du hast mir noch keinen Antrag gemacht. Von heiraten war mit keinem Wort die Rede. Das Thema ist nicht mal gestreift worden.

JACK: Dann darf ich dir jetzt einen Antrag machen, einen Heiratsantrag meine ich?

GWENDOLEN: Ich glaube, das wäre jetzt eine hervorragende Gelegenheit. Und um dir etwaige Enttäuschungen zu ersparen, halte ich es nur für fair, dich bereits vorab wissen zu lassen, dass ich wild entschlossen bin dich zu erhören.

JACK: Gwendolen!

GWENDOLEN: Nun, Mr Worthing, was haben Sie mir zu sagen?

JACK: Du weißt doch, was ich dir zu sagen habe.

GWENDOLEN: Schon. Aber du sagst es nicht.

JACK *fällt auf die Knie*: Gwendolen, willst du mich heiraten?

GWENDOLEN: Natürlich, mein Schatz. Du hast aber lange dafür gebraucht! Du hast wohl nicht gerade viel Erfahrung mit Anträgen, was?

JACK: Oh, du mein Ein und Alles, ich liebe keine andere Frau auf der Welt als dich.

GWENDOLEN: Natürlich. Aber die Männer machen doch ständig irgendwelche Anträge, nur so, der Übung halber. Zum Beispiel mein Bruder Gerald. Alle meine Freundinnen hatten bereits das Vergnügen. Ach, Ernst, was hast du nur für herrlich blaue Augen! Sie sind sooo blau! Ich hoffe doch, du wirst mich immer so anschauen, *LADY BRACKNELL tritt auf.* besonders in Gegenwart anderer Leute.

LADY BRACKNELL: Mr Worthing! Stehen Sie augenblicklich auf, mein Herr! Dieses Dahingefläze ist äußerst ungebührlich!

Er versucht aufzustehen, GWENDOLEN hält ihn zurück.

GWENDOLEN: Mamà, bitte geh fort, du störst hier nur! Außerdem ist Mr Worthing doch noch nicht fertig.

LADY BRACKNELL: Fertig womit, wenn ich fragen darf?

GWENDOLEN: Mr Worthing und ich, wir sind jetzt verlobt, Mamà.

Beide erheben sich gemeinsam.

LADY BRACKNELL: Erlaube mal, du bist hier mit niemandem verlobt! Wenn du irgendwann einmal allen Ernstes verlobt werden solltest, werde ich dich davon in Kenntnis setzen oder dein Vater, sofern es seine Gesundheit gerade erlauben sollte. Eine Verlobung sollte für ein junges Mädchen immer eine Überraschung sein, ob erfreulich oder nicht, das wird sich zeigen. Das wäre ja wohl noch schöner, wenn es in dieser Angelegenheit ganz allein entscheiden dürfte. Ich muss Ihnen jetzt ein paar Fragen stellen, Mister Worthing. Und während ich das tu, Gwendolen, wirst du unten im Wagen warten.

GWENDOLEN *vorwurfsvoll*: Mamà!

LADY BRACKNELL: Gwendolen, im Wagen!

GWENDOLEN geht zur Tür. Hinter LADY BRACKNELLS Rücken wirft sie JACK eine Kusshand zu, die dieser unbemerkt erwidert. LADY BRACKNELL blickt leicht irritiert um sich, so als könne sie sich dieses merkwürdige Geräusch überhaupt nicht erklären. Schließlich dreht sie sich um.

LADY BRACKNELL: Ich sagte, im Wagen, Gwendolen!

GWENDOLEN: Natürlich, Mamà. *Geht hinaus, wobei sie JACK noch einen letzten Blick zuwirft.*

LADY BRACKNELL *nimmt Platz*: Sie dürfen sich setzen, Mr Worthing. *Sucht in ihrer Tasche nach Stift und Notizbuch.*

JACK: Danke, Lady Bracknell, aber ich möchte doch lieber stehen.

LADY BRACKNELL *Stift und Notizbuch in der Hand*: Ich halte es für meine Pflicht Ihnen mitzuteilen, dass Sie nicht auf meiner Liste potentieller Schwiegersöhne stehen, obwohl ich die selbe Liste habe wie die Herzogin von Bolton. Wir arbeiten nämlich Hand in Hand. Ich bin jedoch bereit, Ihren Namen hinzuzufügen, wenn Ihre Antworten das sein sollten, was eine wirklich liebevolle Mutter verlangt. Rauchen Sie?

JACK: Äh, nun – ja, ich muss zugegeben, dass ich rauche.

LADY BRACKNELL: Das hör' ich gern. Ein Mann sollte immer irgendeine Beschäftigung haben. Es laufen eh' schon viel zu viele junge

Müßiggänger in London herum. Wie alt sind Sie?

JACK: Neunundzwanzig.

LADY BRACKNELL: Ein ausgezeichnetes Alter zum Heiraten. Ich war schon immer der Meinung, dass ein Mann, der unbedingt heiraten möchte,
entweder alles wissen sollte oder gar nichts. Wie steht es bei Ihnen diesbezüglich?

JACK *nach einigem Zögern*: Ich weiß… nichts, Lady Bracknell.

LADY BRACKNELL: Freut mich zu hören. Von allem, was natürliche Unwissenheit gefährdet, halte ich nämlich absolut nichts. Unwissenheit ist wie eine zarte exotische Frucht. Rühr' sie nur an und der Zauber ist hin. All diese Theorien über moderne Erziehung und Bildung sind doch völlig ungesund. Zum Glück hat, wenigstens hier in England, Bildung noch nie etwas ausrichten können. Andernfalls wäre das ja eine ernste Bedrohung für unsere Upper Classes und gäbe vielleicht ein paar blutige Krawalle am Grosvenor Square. Wie hoch ist Ihr Einkommen?

JACK: Zwischen sieben- und achttausend Pfund im Jahr.

LADY BRACKNELL: In Grundbesitz oder Wertpapieren?

JACK: Hauptsächlich in Wertpapieren.

LADY BRACKNELL: Guuut. Denn mit all den Steuern, Gebühren und sonstigen Abgaben, die im Lauf eines Lebens zusammenkommen, und all den Steuern, Gebühren und sonstigen Abgaben die nach dem Tode dann auch noch fällig werden, ist Grundbesitz allein kein einträgliches Geschäft mehr, geschweige denn ein Vergnügen. Er verleiht eine gewisse Position und macht es unmöglich, sie auch tatsächlich auszufüllen. So viel zum Thema Grundbesitz.

JACK: Natürlich habe ich auch einen Landsitz mit etwas Grund und Boden drum herum, so etwa fünfzehnhundert Morgen, glaube ich, aber für mein tatsächliches Einkommen bin ich nicht darauf angewiesen. Soweit ich festgestellt habe, sind jedenfalls die Wilderer die Einzigen, die überhaupt einen Nutzen davon haben.

LADY BRACKNELL: Ein Landhaus! Wie viele Schlafzimmer? Na, das können wir immer noch klären. Hoffentlich haben Sie auch ein Stadthaus. Von einem so unkomplizierten, noch völlig unverdorbenen Mädchen wie Gwendolen kann man ja wohl kaum verlangen, dass es auf dem Land hausen muss.

JACK: Ich habe ein Haus am Belgrave Square, aber das ist derzeit an Lady Bloxham vermietet. Natürlich kann ich es jederzeit zurückhaben, nach einer Kündigungsfrist von sechs Monaten.

LADY BRACKNELL: Lady Bloxham? Kenne ich nicht.

JACK: Oh, sie geht nur noch sehr wenig aus.
Sie ist längst nicht mehr die Jüngste.

LADY BRACKNELL: Na, das muss heutzutage
doch noch lange nichts Gutes heißen. Und
welche Nummer am Belgrave Square?

JACK: 149.

LADY BRACKNELL *schüttelt den Kopf*: Die
Seite, die völlig out ist. Dacht' ich mir 's doch,
dass da ein Haken war. Aber das könnten wir
mühelos ändern.

JACK: Die Mode oder die Seite?

LADY BRACKNELL *trocken* : Beides, wenn
nötig. Und Ihre politischen Ansichten?

JACK: Tja, ich glaube ich habe wohl keine
richtigen… will sagen wirklichen politischen
Ansichten…, aber selbstverständlich bin ich
ein Mann der Mitte! Ich habe seit jeher die
GDU gewählt, die Grün-demokratische-
Union [5].

LADY BRACKNELL: War das nicht früher mal eine konservative Partei? Egal, einige Mitglieder kommen immer noch zu uns zum Dinner. Nun zu den nebensächlichen Details. Leben Ihre Eltern noch?

JACK: Ich hab' meine Eltern verloren.

LADY BRACKNELL: Alle beide? Ein Elternteil zu verlieren ist ein Unglück. Gleich alle beide zu verlieren… wirkt ganz schön nachlässig . Wer war denn Ihr Vater? Offenbar war er recht wohlhabend. Stammte er wenigstens – wie es sich heutzutage gehört – aus den einfachsten Verhältnissen? War er ein roter Baron – oder doch nur aus gutem Hause?

JACK: Tut mir leid, Lady Bracknell, ich weiß es nicht, wirklich. Als ich eben sagte, ich hätte meine Eltern verloren… nun, ehrlich gesagt haben meine Eltern wohl eher mich verloren, wie's aussieht. Ich bin gefunden worden.

LADY BRACKNELL: Gefunden?!

JACK: Mister Thomas Cardew, Gott hab' ihn selig, ein freundlicher und sozial äußerst engagierter älterer Herr fand mich und nannte mich Worthing, denn zufällig hatte er damals gerade ein Ticket nach Worthing in der Tasche… natürlich nur erster Klasse. Worthing liegt übrigens in Sussex. Ein Badeort. [Auch Wilde war dort. Er schrieb da übrigens an seinem letzten Stück…] [6]

LADY BRACKNELL: Und wo hat dieser engagierte und couragierte ältere Herr, der erster Klasse nach Worthing zu reisen beliebte, Sie gefunden?

JACK *mühsam*: In einer Tasche.

LADY BRACKNELL: In einer **Tasche**?!

JACK: Jawohl, Lady Bracknell, in einer Tasche lag ich. Einer großen, schwarzen Reisetasche aus Leder, mit zwei Griffen dran… einer ganz gewöhnlichen Reisetasche.

LADY BRACKNELL: Und wo ist dieser Mister James oder Thomas Cardew auf diese durch und durch gewöhnliche Tasche gestoßen?

JACK: In der Gepäckaufbewahrung, infolge einer Verwechslung.

LADY BRACKNELL: Meinen Sie etwa die Gepäckaufbewahrung der Victoria Station?

JACK: Ja. In den Räumlichkeiten der Brighton Line.

LADY BRACKNELL: Ersparen Sie mir die Details! Mister Worthing, ich muss gestehen, dass ich doch etwas verwundert bin. In einer Reisetasche geboren zu werden oder wenigstens groß zu werden, egal ob mit Griffen oder ohne, zeigt in meinen Augen eine gewisse Verachtung für die grundlegenden Werte unseres Familienlebens. Das erinnert mich an die schlimmsten Auswüchse der französischen Revolution und Sie wissen doch wohl, wohin diese unselige Bewegung geführt hat. Und was den Fundort der Tasche angeht: In der

Gepäckaufbewahrung am Bahnhof kann jeder, aber auch wirklich jeder, einfach so alles Mögliche ablegen. Auch das, was ich jetzt mal als «gesellschaftliche Unbesonnenheit» bezeichnen möchte, lässt sich auf diese Art ausgezeichnet vertuschen. Bestimmt sind schon andere vorher auf diese Idee gekommen. Eine sichere Basis für eine gesellschaftlich anerkannte Position ist das, was Sie mir sagen, jedenfalls nicht – jedenfalls nicht in unseren Kreisen.

JACK: Und was, bitteschön, soll ich denn jetzt nur machen? Ich brauche doch wohl kaum zu sagen, dass ich alles auf dieser Welt tun würde, nur damit Gwendolen glücklich ist.

LADY BRACKNELL: Ich würde Ihnen dringend raten, Mister Worthing, baldmöglichst ein paar Verwandte aufzutreiben; vor allem sollten Sie schau 'n , dass Sie noch vor Ende der Saison wenigstens ein Elternteil vorweisen können.

JACK: Ich wüsste nicht, wie ich das schaffen sollte. Die Tasche kann ich selbstverständlich jederzeit vorweisen. Sie ist zu Hause, in meiner Ankleide. Das müsste Ihnen doch reichen, Lady Bracknell.

LADY BRACKNELL: Mir, Sir? Was hat das mit mir zu tun? Sie glauben doch nicht allen Ernstes, Lord Bracknell und ich würden unserer einzigen Tochter auch nur im Traum erlauben, in eine Gepäckaufbewahrung einzuheiraten? Wir haben sie mit der größten Sorgfalt erzogen und jetzt soll sie den Bund fürs Leben schließen mit einem... Fundstück? Guten Tag, Mister Worthing! *Zutiefst empört rauscht sie ab.*

JACK: Ihnen auch einen guten Tag! *Am Klavier nebenan stimmt ALGERNON den Hochzeitsmarsch aus dem «Sommernachtstraum» von Felix Mendelssohn an. Mit wutverzerrtem Gesicht geht Jack zur Tür.* Mann Gottes, Algernon, bist du denn übergeschnappt?! Doch nicht grad' dieses Stück, Mensch!

Die Musik bricht ab und ALGERNON kommt vergnügt herein.

ALGERNON: Na, war's wohl nix, alter Knabe? Du willst doch nicht ernsthaft behaupten, dass Gwendolen dir einen Korb gegeben hat? Ich weiß, dass sie manchmal ziemlich abweisend sein kann. Sie muss immer gleich die Krallen ausfahren. Ich finde das ziemlich boshaft von ihr.

JACK: Nein! Gwendolen ist ein Schatz. Was sie angeht, sind wir schon längst verlobt. Aber ihre Mutter ist einfach unerträglich. Was für ein Drachen! Ich fühle mich völlig versteinert unter ihrem Blick. Ich weiß zwar nicht genau, was eine Gorgo ist, aber wenn ich mir Lady Bracknell so ansehe... auf jeden Fall ist sie ein Monster, wie es im Buche steht – kein klassisches Ungetüm, sondern ein ganz gewöhnliches Biest... Oh, entschuldige bitte, Algy, ich sollte wirklich nicht so über deine Tante reden... jedenfalls nicht in deiner Gegenwart.

ALGERNON: Ach, mein Guter, ich mag 's so gern, wenn man über meine Verwandten herzieht. Nur so lässt es sich überhaupt mit ihnen aushalten. Verwandte sind schlicht und ergreifend ein Haufen von Langweilern. Und das Schlimme ist: Sie haben nicht die leiseste Ahnung, wie sie eigentlich leben sollten und überhaupt kein Gespür dafür, wann sie am besten sterben sollten.

JACK: So ein Blödsinn!

ALGERNON: Gar nicht wahr!

JACK: Ach, ich werde mich mit dir doch nicht darüber streiten. Immer willst du über alles Mögliche streiten.

ALGERNON: Erstens streite ich nicht, sondern ich diskutiere, und zweitens: Dafür sind die Dinge doch da, dass man über sie diskutiert.

JACK: Ganz ehrlich, Algy, wenn ich das wirklich glauben würde, dann könnte ich mir gleich die Kugel geben. *Pause.* Sag mal, Algy, … glaubst du, dass die entfernte Möglichkeit besteht, dass Gwendolen einmal genau so wird wie ihre Mutter… in etwa 150 Jahren oder so…?

ALGERNON: Alle Frauen werden wie ihre Mütter. Immer. Das ist ihre Tragödie. Der Mann jedoch niemals – und das ist seine.

JACK: Wahnsinnig geistreich. Aber ist das auch klug?

ALGERNON: Es ist perfekt formuliert, trifft ins Schwarze und stimmt auch noch - [genau das ist es doch, was unsere diversen Intellektuellen derzeit in den Medien ständig von uns fordern].

JACK: [Ach, hör mir doch mit diesen Intellektuellen auf! Viele von ihnen sind doch nur gerissen. Und] heutzutage hält sich doch einfach jeder für besonders clever. Man kann einfach keinen Schritt mehr gehen, ohne über irgendeinen ganz besonders cleveren Zeitgenossen zu stolpern. Es ist gradezu ein öffentliches Ärgernis. Ich wollte bei Gott, es gäbe noch ein paar Dummköpfe. [7]

ALGERNON: Gibt es, gibt es.

JACK: Die würde ich nur allzu gern kennenlernen. Und worüber reden die so?

ALGERNON: Über eben jene ganz besonders cleveren Zeitgenossen natürlich.

JACK: Was für Idioten!

ALGERNON: Apropos… Hast du Gwendolen eigentlich schon offen und ehrlich gesagt, dass du hier, in London, der Ernst bist und auf dem Land Jack?
JACK *von oben herab* : Aber, aber, mein Freund! So etwas wie die Wahrheit kann man so einer reizenden jungen Dame wie Gwendolen doch unmöglich ins Gesicht sagen! Du hast ja ganz schön merkwürdige Vorstellungen, wie man sich Frauen gegenüber benimmt.

ALGERNON: Frauen gegenüber kann man(n) sich nur auf eine Art benehmen: Ist die Dame hübsch, mach ihr den Hof, und wenn nicht, dann eben einer Anderen.

JACK: Das ist doch wohl nicht dein Ernst!

ALGERNON: Ach nein? Und was ist mit deinem Bruder? Deinem Bruder Ernst, diesem alten Schwerenöter?

JACK: Noch bevor diese Woche um ist, bin ich ihn los. Ich werde schlicht und ergreifend sagen, der Schlag habe ihn getroffen. In Paris. Auf diese Weise sterben doch so viele Leute ganz plötzlich... oder etwa nicht...?

ALGERNON: Das schon. Bloß Apoplexie ist erblich, mein Guter. So etwas liegt in der Familie. Sag lieber «eine heftige Erkältung».

JACK: Und du bist ganz sicher, dass eine heftige Erkältung nicht etwa auch erblich ist?

ALGERNON: Todsicher.

JACK: Also gut. Mein armer Bruder Ernst starb ganz plötzlich und unerwartet in Paris... an einer heftigen Erkältung. Und damit wäre ich ihn los.

ALGERNON: Hmmh… Sagtest du nicht gerade, dass sich Miss Cardew ein bisschen zu sehr für deinen armen Bruder interessiert? Wird dieser plötzlicher Verlust ihr nicht zu schaffen machen?

JACK: Ach, da mach dir nur keine Sorgen! Zum Glück ist Cecily kein romantisches Dummchen. Sie hat einen kolossalen Appetit, liebt ausgedehnte Spaziergänge und hört nicht im mindesten auf ihre Gouvernante.

ALGERNON: Die würde ich gerne mal kennenlernen, diese Cecily.

JACK: Das wirst du nie. Dafür werd' ich schon sorgen. Sie ist nämlich ausgesprochen hübsch und gerade erst achtzehn.

ALGERNON: Weiß Gwendolen eigentlich schon, dass du ein ausgesprochen hübsches Mündel hast, das gerade erst achtzehn Jahre alt ist?

JACK: Mit so etwas geht man doch nicht hausieren! Im übrigen werden Gwendolen und Cecily bestimmt noch dicke Freundinnen. Busenfreundinnen. Ich gehe mit dir jede Wette ein: Nach einer halben Stunde nennen sie einander Schwester.

ALGERNON: Das machen Frauen nur, wenn sie vorher einander noch ganz, ganz anders genannt haben. Aber jetzt, mein Freund, müssen wir uns unbedingt umziehen, wenn wir noch einen guten Tisch im Willis' s kriegen wollen. Es ist schon fast sieben.

JACK: Bei dir ist es doch immer fast sieben!

ALGERNON: Na ja, ich habe eben Hunger.

JACK: Genauso kenne ich dich, immer hungrig, in jeder Beziehung.

ALGERNON: Was machen wir nach dem Essen? Geh'n wir noch ins Theater?

JACK: Nein, heut' will ich mir wirklich nichts mehr anhören müssen.

ALGERNON: Oder in den Club?

JACK: Oh Gott, bloß keine Konversation!

ALGERNON: Und was ist mit Varieté? Wir könnten mal so gegen zehn im Empire vorbeischauen, zu einer flotten Tanznummer... ich meine natürlich nur eine richtige Tanznummer und nicht irgend so was aus der Wandelhalle hinter dem Parkett... [8]

JACK: Hupfdohlen kann ich jetzt wirklich nicht ertragen!

ALGERNON: Tja, was sollen wir dann tun?

JACK: Nichts!

ALGERNON: Das ist die schwerste Arbeit von allen, wirklich nichts zu tun. Aber harte Arbeit macht mir nichts aus, solange sie nur keinen bestimmten Zweck hat.

LANE tritt auf.

LANE *meldet*: Miss Fairfax.

GWENDOLEN tritt auf, LANE ab.

ALGERNON: Na so was, Gwendolen!

GWENDOLEN: Algy, sei doch so nett und dreh dich mal um, ja? Ich habe Mister Worthing etwas ganz bestimmtes zu sagen.

ALGERNON: Also wirklich, Gwen, ich glaube nicht, dass ich das erlauben kann.

GWENDOLEN: Ach Algy, mit deinen moralischen Prinzipien bist du immer so fürchterlich… locker. Für so eine Lebenseinstellung bist du einfach noch nicht alt genug. Ernst meines Lebens! Vielleicht werden wir beide niemals heiraten können – und Mamàs Gesichtsausdruck nach zu schließen, wird es ganz gewiss so kommen, fürchte ich. Nur wenige Eltern hören heutzutage überhaupt noch auf das, was ihre Kinder ihnen sagen. Der gute alte Respekt vor der Jugend stirbt nur allzu schnell aus. Was immer ich an Einfluss auf Mamà besaß, hab ich verloren und zwar im Alter von drei

Jahren schon. Aber auch wenn sie uns daran hindern kann, ein Paar zu werden, auch wenn ich jemand anderen werde heiraten müssen – und das vielleicht sogar noch öfter - , meine ewige Liebe zu dir kann sie mir nicht rauben.

JACK: Gwendolen, Geliebte!

GWENDOLEN: Die romantische Geschichte deiner Herkunft, die mir Mamà soeben brühwarm mitgeteilt hat, garniert mit allerhand unschönen Bemerkungen, ging mir einfach durch und durch. Was für ein entzückend einmaliges Rätsel bist du mir doch - vermutlich gerade weil du so unkompliziert bist. Deine Londoner Adresse in The Albany habe ich. Und dein Landsitz hat welche Adresse?

JACK: The Manor House, Woolton Hertfordshire.

ALGERNON, der aufmerksam zugehört hat, grinst sich eins und notiert sich die Adresse auf seinen Manschetten. Dann schnappt er sich den Fahrplan der Bahn.

GWENDOLEN: Ihr habt doch eine gute Postverbindung? Vielleicht wird es nötig sein, etwas Verzweifeltes zu tun – und das bedarf natürlich sorgfältiger Überlegung. Auf jeden Fall werd' ich mich täglich mit dir in Verbindung setzen.

JACK: Geliebte!

GWENDOLEN: Wie lange bleibst du noch in der Stadt?

JACK: Bis Montag.

GWENDOLEN: Guuut. Du darfst dich jetzt umdrehen, Algy.

ALGERNON: Hab' ich schon, vielen Dank.

GWENDOLEN: Du darfst auch läuten.

JACK: Du erlaubst doch, dass ich dich zum Wagen begleite, mein Schatz?

GWENDOLEN: Natürlich.

JACK *zu LANE, der gerade herein kommt*:
Bemühen Sie sich nicht, ich selbst werde Miss Fairfax hinausgeleiten.

LANE: Sehr wohl, Sir.

JACK und GWENDOLEN gehen hinaus.
LANE reicht ALGERNON diverse Briefe auf einem Tablett. Es ist anzunehmen, dass es sich dabei um Rechnungen handelt, da ALGERNON sie zerreißt, kaum dass er den Umschlag gelesen hat.

ALGERNON: Ein Glas Sherry, Lane.

LANE: Sehr wohl, Sir.

ALGERNON: Morgen, Lane, gehe ich wieder auf Bunbury-Tour.

LANE: Sehr wohl, Sir.

ALGERNON: Ich werde vielleicht nicht vor Montag zurück sein. Sie können schon einmal meine Sachen packen, meine diversen guten

Hemden und Anzüge, Smoking... eben das übliche Bunbury – Gepäck...

LANE *reicht ALGERNON den Sherry*: Sehr wohl, Sir.

ALGERNON: Hoffentlich wird es morgen schön, Lane,... einfach schön.

LANE: Wann ist es jemals wirklich schön, Sir?

ALGERNON: Lane, Sie sind wirklich ein ausgesprochener Pessimist!

LANE: Ich gebe mir ja auch alle Mühe, Sir.

JACK tritt auf. LANE ab.

JACK: Was für eine Frau! So intelligent und so vernünftig... die einzige Frau, die mir jemals etwas bedeutet hat! *ALGERNON bricht in unbändiges Gelächter aus.* Was gibt es denn da zu lachen, Mensch?

ALGERNON: Och, nichts. Ich mache mir nur etwas Sorgen um Bunbury, das ist alles.

JACK: Wenn du nicht aufpasst, Freundchen, wird dich dein Bunbury eines Tages noch ganz schön in Schwulitäten bringen.

ALGERNON: In Schwulitäten?

JACK: In die Bredouille... Verdammt, Algy, du weißt doch, was ich meine!

ALGERNON: Ich liebe Bredouillen. Sie sind das Einzige, was niemals ernst ist.

JACK: So ein Sch— ... schtuss! Du redest aber auch nichts als Stuss!

ALGERNON: Da bin ich nicht der Einzige.

JACK sieht ihn entrüstet an und rauscht ab. ALGERNON zündet sich eine Zigarette an, liest die Adresse auf seinen Manschetten und lächelt.

Vorhang.

2. Akt

Der Garten von JACKs Landsitz. Graue Steinstufen im Hintergrund führen zum Herrenhaus empor. Davor ein herrlich altmodischer Garten voller Rosenbüsche. Es ist Juli. Unter einer großen Eibe stehen Korbstühle und ein über und über mit Büchern bedeckter Tisch.
Am Tisch: MISS PRISM. Im Hintergrund gießt CECILY die Blumen.

MISS PRISM: Cecily, Cecily! Blumengießen ist doch wohl eher Moultons Ressort! Kommen Sie schon und überlassen Sie die praktischen Arbeiten dem Personal, jetzt, da die Geistesfreuden unserer harren. Ihre deutsche Grammatik liegt schon bereit. Bitte schlagen Sie Seite fünfzehn auf. Wir wollen die letzte Lektion noch einmal wiederholen.

CECILY *kommt nur äußerst langsam näher*: Aber ich mag Deutsch doch gar nicht! Ich persönlich finde diese Sprache weder schick noch schicklich [und inzwischen gibt es auch einige Deutsche, die das genauso sehen]. Ich weiß genau, nach meiner Deutschstunde sehe ich immer so schlicht und brav aus.

MISS PRISM: Kindchen, Sie wissen doch: Ihre persönliche Entwicklung liegt ihrem Vormund nun einmal sehr am Herzen – und dazu gehört auch ihr Unterricht. Besonderen Wert hat Mister Worthing ausdrücklich auf Ihr Deutsch gelegt, als er gestern nach London aufbrach. Er legt ja freilich immer ausdrücklichen Wert auf Ihr Deutsch, wenn er in die Stadt fährt.

CECILY: Der gute Onkel Jack! Immer ist er so... ernst! Manchmal ist er dermaßen ernst, dass ich wirklich glaube, dass er nicht ganz gesund ist.

MISS PRISM *reckt sich zu ihrer vollen Größe*: Ihr Vormund erfreut sich der besten Gesundheit. Und ein so ernstes und würdiges Betragen in noch so relativ jugendlichem Alter ist einfach nur bewundernswert! Ich kenne keinen pflichtbewussteren und verantwortungsvolleren Menschen.

CECILY: Ach, deshalb sieht er immer so gelangweilt aus, wenn wenn wir drei zusammen sind!

MISS PRISM: Ich muss doch sehr bitten, junges Fräulein! Mister Worthing hat wirklich große Sorgen. Allotria und oberflächliches Geschwätz sind da gänzlich unangebracht.
Bedenken Sie nur, andauernd diese Last mit diesem beklagenswerten jungen Mann, seinem Bruder!

CECILY: Ich wünschte nur, Onkel Jack würde diesem beklagenswerten jungen Mann, seinem Bruder, doch mal erlauben hierher zu kommen – wenigstens ab und zu. Vielleicht, Miss Prism, hätten wir einen guten Einfluss auf ihn. Sie jedenfalls ganz bestimmt, da bin ich mir sicher. Sie können Deutsch und Geologie und so etwas muss doch auf Männer wirken, will sagen, eine erbauliche Wirkung haben. *Beginnt, in ihr Tagebuch zu schreiben.*

MISS PRISM *schüttelt den Kopf*: Auf einen Mann, der – wie sein Bruder selbst zugeben muss – vom Charakter her dermaßen schwach, um nicht zu sagen labil ist? Auf einen solchen Kerl werde ich ganz bestimmt keinerlei Wirkung haben – und ich weiß auch wirklich nicht, ob ich das überhaupt möchte. Von diesem heutigen Getue mal eben so - schwupps eins, zwei drei – aus einem Bösewicht einen guten Menschen zu machen, halte ich absolut nichts. Was der Mensch gesät hat, soll er auch ernten. Und jetzt, Cecily, legen Sie doch bitte endlich mal Ihr Tagebuch beiseite. Ich kann wirklich nicht begreifen, warum Sie überhaupt ein Tagebuch führen.

CECILY: Ganz einfach: Um all meine wunderbaren Geheimnisse in meinem Tagebuch festzuhalten. Wenn ich sie nicht aufschreiben würde, würde ich sie vielleicht noch völlig vergessen.

MISS PRISM: Mein liebes Kind, die Erinnerung ist unser Tagebuch, das wir alle in unserem Herzen tragen.

CECILY: Schon. Aber meistens hält die Erinnerung gerade das fest, was nie geschehen ist und vielleicht auch niemals geschehen wäre. Und genau das ist, glaub' ich, auch der Grund, für all die vielen dreibändigen Romane, mit denen uns Mudie andauernd beglücken muss.

MISS PRISM: Nichts gegen den guten, alten dreibändigen Roman, junge Dame! Ich habe früher mal selbst einen verfasst.

CECILY: Tatsächlich, Miss Prism? Wie klug Sie sind! Er hatte doch hoffentlich kein Happyend? Romane mit Happyend mag ich nicht besonders... die deprimieren mich immer so.

MISS PRISM: Nur für die Guten gab 's ein Happyend. Die Bösen nahmen alle ein schlimmes Ende. Das ist der Sinn der Literatur.

CECILY: Vermutlich. Aber trotzdem find' ich das ganz schön unfair. Und ist Ihr Buch denn veröffentlicht worden?

MISS PRISM: Leider nein. Ich habe mein Manuskript verloren Aber jetzt an die Arbeit, Kindchen. Solche Überlegungen führen doch zu nichts.

CECILY *strahlend*: Oh, da sehe ich ja unseren lieben Herrn Pfarrer!

MISS PRISM *erhebt sich*: Dr. Casula? Das ist wahrhaftig eine Freude!

Auftritt HOCHWÜRDEN DR. CASULA. MISS PRISM geht ihm entgegen.

CASULA: Wie ist denn das werte Befinden, die Damen? Ich hoffe doch, gut, Miss Prism?

CECILY: Nein stellen Sie sich nur vor, Dr. Casula, gerade erst vor ein paar Minuten hat unsere liebe Miss Prism über leichte Kopfschmerzen geklagt! Ich glaube, ein kleiner Spaziergang mit Ihnen durch den Park würde Ihr ganz bestimmt guttun.

MISS PRISM: Aber Cecily! Ich habe doch überhaupt nichts von Kopfschmerzen gesagt.

CECILY: Natürlich nicht, meine liebe Miss Prism, das ist mir schon klar, aber ich habe instinktiv gefühlt, dass Sie offenbar Kopfschmerzen haben müssen. Das war es auch gerade, woran ich denken musste, als der Herr Pfarrer hereinkam, und nicht an meine Deutschstunde.

CASULA: Aber Cecily, wir sind doch hoffentlich nicht unaufmerksam?

CECILY: Ich fürchte doch, Hochwürden.

CASULA: Seltsam. Wenn ich das Glück hätte, Miss Prisms Schüler zu sein… also, ich hinge nur an ihren Lippen… *MISS PRISM funkelt ihn an…* rein bildlich gesprochen, versteht sich. Diese Metapher hab' ich von den Bienen… Ähem! Mister Worthing ist wohl noch nicht aus der Stadt zurück?

MISS PRISM: Wir erwarten ihn nicht vor Montagnachmittag.

CASULA: Ach ja, er verbringt ja immer so gerne den Sonntag in London – natürlich nicht zum bloßen Vergnügen. Ihr Vormund, Cecily, weiß genau, was das ist: der Ernst des Lebens. Von diesem beklagenswerten jungen Mann, seinem Bruder, kann man das leider nicht behaupten. Aber ich darf Egeria und ihre Schülerin nun nicht länger stören.

MISS PRISM: Egeria? Ich heiße Laetitia, Herr Doktor!

CASULA *verneigt sich*: Nur eine kleine klassische Anspielung... Das hab ich von den Autoren der Antike. Ich sehe die Damen doch bei der Abendandacht?

MISS PRISM: Mein lieber Herr Doktor, ich glaube, ich werde doch einen kleinen Spaziergang mit ihnen machen. Ich merke gerade, ich habe tatsächlich Kopfschmerzen und so ein kleiner Weg würde mir guttun.

CASULA: Mit Vergnügen, Miss Prism, mit dem größten Vergnügen. Wir könnten bis zur Schule gehen und wieder zurück.

MISS PRISM: Das wäre herrlich! Cecily, während meiner Abwesenheit lesen Sie bitte Ihre «Einführung in die Volkswirtschaft». Das Kapitel über den Kursverfall der Rupie können Sie ruhig auslassen. Das scheint mir doch etwas zu reißerisch und so etwas schickt sich nicht für eine junge Dame. *Sie und DR. CASULA spazieren zusammen davon, in die Tiefen des Parks.*

CECILY nimmt mehrere Bücher in die Hand und knallt sie auf den Tisch.

CECILY: Verflixte Volkswirtschaft aber auch! Elende Erdkunde! Sch— scheußliches Deutschschsch.

MERRIMAN, der Butler, tritt auf, mit einer Visitenkarte auf einem Tablett.

MERRIMAN: Mister Ernest Worthing ist soeben vom Bahnhof gekommen – mit Gepäck.

CECILY *nimmt die Karte und liest sie*: «Mr Ernest Worthing, B4, The Albany, London ».
Der Ernst? Onkel Jacks Bruder? Haben Sie ihm gesagt, dass mein Onkel noch in London ist?

MERRIMAN: Ja, Miss. Er schien überaus enttäuscht. Ich bemerkte, dass Sie und Miss Prism im Garten seien, worauf er erwiderte, dass ihm sehr daran gelegen sei, mit Ihnen zu sprechen – und zwar unter vier Augen.

CECILY: Bitten Sie doch Mister Worthing herein. Und dann sagen Sie bitte der Haushälterin, sie möchte ein Zimmer für unseren Gast herrichten.

MERRIMAN: Sehr wohl, Miss.

MERRIMAN ab.

CECILY: Ich habe noch nie einen wirklich bösen Menschen getroffen. Ein wenig mulmig wird mir jetzt doch. Ich fürchte tatsächlich, er sieht genauso aus, wie jeder andere auch.

ALGERNON tritt auf, beschwingt und lässig elegant.

CECILY: Hab ich mir 's doch gedacht!

ALGERNON *lüpft den Hut*: Du bist bestimmt meine kleine Nichte Cecily.

CECILY: Sie irren sich, mein Herr. Ich bin nicht klein, ich bin sogar ungewöhnlich groß für mein Alter. *ALGERNON ist ziemlich verblüfft.* Aber der Rest, der stimmt schon. Ich bin Cecily, deine Nichte. [Oh, das klingt ja schrecklich auf Deutsch. Ein Glück, dass wir beide Englisch miteinander reden.]

[ALGERNON: Wieso?]

CECILY: Deiner Karte entnehme ich, dass du Onkel Jacks Bruder bist. [Auf Englisch können wir beide einander c o u s i n nennen, c o u s i n im weiteren Sinne. Das klingt auch schon ganz anders als «Onkel Ernst».] You are my cousin Ernest, my wicked cousin Ernest...

ALGERNON: Stopp! «Verrückter Kerl», meinetwegen, aber böse doch nicht! Das darfst du wirklich nicht glauben, dass ich böse bin!

CECILY: Ach nein, mein Herr? Dann haben Sie uns alle aber ganz unverzeihlich getäuscht. Sie führen doch wohl kein Doppelleben? So zu tun, als wär' man ein Bösewicht und dabei ein guter Mensch sein, das ist sowas von scheinheilig und verlogen.

ALGERNON *sieht sie völlig perplex an*: Oh... na ja... natürlich war ich schon recht leichtsinnig.

CECILY: Das freut mich zu hören, du.

ALGERNON: Nuuun, jetzt, wo du es erwähnst... genaugenommen war ich auf meine bescheidene Art manchmal sogar richtig ungezogen...

CECILY: Na, so stolz brauchst du jetzt grade auch wieder nicht darauf sein – obwohl es sicher ganz lustig war…

ALGERNON: Es war schon schön. Aber hier bei dir ist 's viel schöner.

CECILY: Aber warum bist du hier? Onkel Jack kommt doch erst Montagnachmittag wieder.

ALGERNON: Das ist aber wirklich schade. Am Montagmorgen muss ich gleich mit dem ersten Zug nach London. Ich habe da nämlich einen Geschäftstermin, den muss ich unbedingt versäumen.

CECILY: Könntest du ihn nicht auch woanders versäumen?

ALGERNON: Nein, der Termin ist ja grade in London.

CECILY: Na ja, natürlich weiß ich auch, wie wichtig es ist, geschäftliche Verabredungen nicht einzuhalten, wenn man sich den Sinn für die Schönheiten des Lebens noch einigermaßen bewahren möchte, aber ich glaube, es ist trotzdem besser, du wartest, bis Onkel Jack wieder zurück ist. Soweit ich weiß, wollte er noch einiges mit dir besprechen, bezüglich deiner Auswanderung.

ALGERNON: Meiner was?

CECILY: Ganz recht, deiner Auswanderung. Und Onkel Jack ist in die Stadt gefahren, um dir schon einmal die nötige Ausrüstung und Kleidung zu kaufen.

ALGERNON: Ich werde Jack ganz sicher nicht meine Garderobe zusammenstellen lassen! In puncto Krawatten hat er nämlich überhaupt keinen Geschmack.

CECILY: Ich glaube nicht, dass du Krawatten brauchen wirst. Onkel Jack schickt dich nach Australien.

ALGERNON: Australien? Lieber sterb' ich!

CECILY: Tja... Am Mittwoch sagte er beim Abendessen, du müsstest dich entscheiden: zwischen dem Diesseits, dem Jenseits und Australien.

ALGERNON: Na, wenn das so ist... Was ich allerdings so über das Jenseits gehört habe und über Australien klingt nicht grade sonderlich ermutigend. Co u s i n Cecily, diese Welt ist gut genug für mich.

CECILY: Ja und du? Bist du auch gut genug dafür?

ALGERNON: Ich fürchte, nein. Deswegen möchte ich ja, dass du mich besserst. Du könntest das ja zu deiner großen Aufgabe machen, wenn es dir nichts ausmacht.

CECILY: Tut mir leid, aber heute Nachmittag habe ich keine Zeit.

ALGERNON: Hmmh... würde es dir es dir etwas ausmachen, wenn ich mich heute Nachmittag selber ein wenig bessere?

CECILY: Das scheint mir zwar hoffnungslos romantisch, der reinste Kampf gegen Windmühlen – aber bitte, meinetwegen.

ALGERNON: Wohlan! … Oh ja, … ja … ich fühle mich tatsächlich schon besser.

CECILY: Aber du siehst etwas schlechter aus.

ALGERNON: Vermutlich weil ich Hunger habe.

CECILY: Oh, wie gedankenlos von mir. Ich hätte dran denken müssen, dass der Mann… äh ich meine natürlich, dass man immer regelmäßig ordentlich zu essen braucht, vor allem wenn man ein völlig neues Leben beginnt. Möchtest du nicht mit 'reinkommen?

ALGERNON: Gern, vielen Dank. Aber könnte ich zuerst eine Blume fürs Knopfloch bekommen? Ich habe niemals Appetit, wenn ich keine Blume im Knopfloch habe.

CECILY: Eine Maréchal Niel vielleicht?

ALGERNON: Nein, lieber eine rosarote Rose, bitte.

CECILY: Warum das? *Schneidet die entsprechende Blume ab.*

ALGERNON: Weil du, C o u s i n Cecily, wie eine rosarote Rose bist.

CECILY: Ich glaube nicht, mein Herr, dass das in Ordnung ist, dass Sie so mit mir reden. So etwas sagt Miss Prism nie zu mir.

ALGERNON: Dann ist Miss Prism aber eine kurzsichtige alte… Dame. *CECILY steckt ihm die Blume ins Knopfloch.* Du bist das schönste Mädchen, das ich je gesehen habe!

CECILY: Du, Miss Prism sagt, dass Schönheit doch nur ein Fallstrick ist.

ALGERNON: Möglich. Aber in so eine schöne Falle möchte doch jeder Mann gerne tappen, will sagen, jeder vernünftige Mann.

CECILY: Och, ich glaube nicht, dass ich mir so einen vernünftigen Mann tatsächlich fangen möchte. Ich wüsste nicht, worüber ich überhaupt mit ihm reden sollte.

Sie gehen zusammen ins Haus. DR. CASULA und MISS PRISM kehren zurück.

MISS PRISM: Mein lieber Dr. Casula, Sie sind mir viel zu viel alleine. Sie sollten unbedingt heiraten. Dass man ein Misanthrop wird, kann ich ja noch verstehen, aber ein w o m a n t h r o p niemals.

CASULA *mit akademischem Schauder*: So einen Neologismus habe ich nicht verdient! Im übrigen hat schon die Urkirche die Ehe entschieden abgelehnt – vereinfacht gesprochen, wohlgemerkt. Denn sowohl der Lehre als auch der Praxis der Urkirche zufolge, ist die Ehe nämlich...

MISS PRISM *ihm ungeduldig ins Wort fallend, ex cathedra*: Und genau deshalb gibt es die Urkirche auch heute nicht mehr! Mein lieber Herr Doktor, Ihnen ist wohl eines nicht klar:

89

Ein Mann, der so hartnäckig Single bleibt, verwandelt sich in eine permanente öffentliche Versuchung. Die Männer sollten da vorsichtiger sein. Dieses ewige Keusch- und-enthaltsam- leben-müssen ist es doch grade, das die schwächeren Schäfchen vom rechten Wege ab führt!

CASULA: Ist ein verheirateter Mann etwa nicht so attraktiv?

MISS PRISM: Verheiratete Männer sind niemals attraktiv – außer natürlich für ihre jeweilige Ehefrau.

CASULA: Und oft sogar nicht mal für die – das hab' ich jedenfalls gehört.

MISS PRISM: Das ist alles nur eine Frage des weiblichen Einfühlungsvermögens – aber dazu gehört nun einmal auch Reife... Reife in jeder Beziehung... Auf reife Frauen kann man(n) bauen. Diese jungen Früchtchen sind oft noch so etwas von unreif, so was von ungenießbar, so was von grün *DR. CASULA zuckt zusammen* ... natürlich auch nur rein bildlich gesprochen. Aber wo steckt denn Cecily?

CASULA: Vielleicht ist sie auch ein wenig spazieren gegangen.

Aus dem hinteren Teil des Gartens kommt JACK, gemessenen Schrittes und von Kopf bis Fuß in Trauerkleidung, mit Trauerflor am Hut und schwarzen Handschuhen.

MISS PRISM: Mister Worthing!

CASULA: Mister Worthing?

MISS PRISM: Das ist wahrhaftig eine Überraschung! Wir dachten, Sie kämen erst Montagnachmittag.

Mit tragischer Geste ergreift JACK MISS PRISMs Hand.

JACK: Ich bin früher zurück als erwartet. Dr. Casula, ich hoffe, es geht Ihnen gut?

CASULA: Aber lieber Mister Worthing, diese Trauerkleidung bedeutet doch hoffentlich kein schlimmes Unglück?

JACK: Mein Bruder.

MISS PRISM: Noch mehr Exzesse und Schulden?

CASULA: Führt er noch immer sein Lotterleben?

JACK *schüttelt den Kopf*: Er ist tot.

CASULA: Ihr Bruder Ernst… tot?

JACK: Ganz und gar tot.

MISS PRISM: Das wird ihm eine Lehre sein! Hoffentlich merkt er 's sich auch.

CASULA: Mister Worthing, mein herzlichstes Beileid. Mag es Ihnen zum Trost gereichen zu wissen, dass Sie stets der nachsichtigste, großzügigste aller Brüder waren.

JACK: Der arme Ernst! Er hatte zwar viele Fehler, aber das ist jetzt wirklich ein schwerer Schlag für mich.

CASULA: Tja... Traurig, traurig. Waren Sie bei ihm, in seiner letzten Stunde?

JACK: Nein. Er starb im Ausland. Genauer gesagt in Paris. Gestern Abend erhielt ich das Telegramm, vom Manager des Grand Hotels.

CASULA: Wurde die Todesursache genannt?

JACK: Offenbar eine schwere Erkältung.

MISS PRISM: Was der Mensch gesät hat, soll er auch ernten!

CASULA *erhebt beschwörend die Hände*: Aber meine liebe Miss Prism, seien wir doch barmherzig! Wir sind allzumal Sünder und auch ich selbst bin äußerst anfällig für Zugluft. Soll die Beerdigung hier stattfinden?

JACK: Nein. Es war sein ausdrücklicher Wunsch in Paris beerdigt zu werden.

CASULA: In Paris! Ausgerechnet! *Schüttelt den Kopf.* Offenbar war der Ärmste am Ende nicht mehr ganz Herr seiner Sinne. Sie möchten doch sicherlich, dass ich am nächsten Sonntag in meiner Predigt ein paar Worte aus gegebenem Anlass spreche… über diesen entsetzlichen Kummer, der so unvermutet über Ihr Haus hereingebrochen ist. *JACK drückt ihm krampfhaft die Hand.* Meine Predigt über das Manna in der Wüste und seine höhere Bedeutung kann ich praktisch zu jeder Gelegenheit halten… nur ein paar kleine, notwendige Anpassungen und sie funktioniert eigentlich immer, in guten wie in schlechten Tagen. *Alle seufzen.* Ich habe das oft erlebt, an Erntedank und bei Taufen, Konfirmationen und Bußgottesdiensten. Erst neulich hab' ich sie wieder gehalten; es war im Dom, im Rahmen eines Charity-Events zugunsten der Gesellschaft zur Verhinderung politischer Unzufriedenheit im bürgerlichen Lager. Der Bischof war ebenfalls anwesend und er war ein Stück weit nachhaltig ergriffen von meinen Vergleichen.

JACK: Ah ja… Sie hatten doch grade – glaube ich – etwas von Taufen gesagt, Dr. Casula… Ich nehme an, Sie wissen doch wohl, wie man tauft? *DR. CASULA sieht ihn verblüfft an.* Ich meine, so etwas machen Sie doch öfter, nicht wahr?

MISS PRISM: Bedauerlicherweise gehören Taufen zu den häufigsten Pflichten des Herrn Pfarrers hier in der Gemeinde. Ich habe schon oft mit unseren diversen sozial benachteiligten Familien über dieses Thema gesprochen, aber diese Leute wissen offenbar einfach nicht, was Mäßigung ist.

CASULA: Ist da vielleicht ein bestimmtes Kind, Mister Worthing, das Ihnen besonders am Herzen liegt? Ihr Bruder war ja - glaube ich – nicht verheiratet…?

JACK: Genau.

MISS PRISM *bitter*: So ist das nun mal mit diesen Leuten, die einzig für ihr Vergnügen leben!

JACK: Aber ich frage doch gar nicht wegen eines Kindes, lieber Doktor! Ich mag zwar Kinder sehr gern, aber die Sache ist die… ich würde mich selbst gerne taufen lassen, noch heute Nachmittag, wenn Sie nichts besseres vorhaben.

CASULA: Aber, Mister Worthing, sind Sie denn nicht getauft?

JACK: Kann mich nicht daran erinnern.

CASULA: Es bestehen also diesbezüglich heftige Zweifel Ihrerseits?

JACK: Na, das will ich doch meinen! Aber falls Ihnen das Ganze irgendwie unangenehm sein sollte, oder falls ich inzwischen wohl doch etwas zu alt bin…

CASULA: Keineswegs, keineswegs. Das Besprengen und auch das Untertauchen von Erwachsenen ist durchaus gängige kirchliche Praxis.

JACK: Wie bitte? Untertauchen?

CASULA: Nur keine Sorge, Mister Worthing. Besprengen reicht völlig. Ist wahrscheinlich auch klüger bei unserem launischen Wetter. Und wann möchten Sie, dass ich die Zeremonie durchführe?

JACK: Och, ich könnte so gegen fünf vorbeikommen, wenn es Ihnen recht ist.

CASULA: Ausgezeichnet. Ich habe bereits zwei Taufen um fünf... Zwillinge. Sie kamen erst kürzlich in einer der abgelegenen Hütten zur Welt, auf Ihrem eigenen Grund und Boden... Sie wissen schon, Jenkins, der Fuhrmann... Armer Kerl! Wo sein Leben doch ohnehin schon so hart ist...

JACK: Oh... das ist nicht grade sonderlich komisch für mich, zusammen mit anderen Babys getauft zu werden. Das wäre ja albern. Ginge es auch um halb sechs?

CASULA: Aber gewiss doch, ausgezeichnet. *Zieht seine Taschenuhr hervor und blickt darauf.*

Und jetzt will ich nicht länger stören, in diesem Trauerhause. Ich bitte Sie nur um eines, mein lieber Mister Worthing, lassen Sie sich nur nicht allzu sehr von Ihrem Kummer übermannen. Was uns oft erst als schwere Prüfung erscheint, mag sich im Nachhinein manchmal als Segen erweisen.

MISS PRISM: Also, bei mir dauert das in diesem Fall ganz bestimmt nicht so lange.

CECILY kommt aus dem Haus.

CECILY: Onkel Jack! Ich bin ja so froh, dich wiederzusehen. Aber was hast du nur für schreckliche Sachen an! Bitte zieh dich doch um, ja?

MISS PRISM: Cecily!

CASULA: Aber Kindchen!

CECILY geht auf JACK zu. Sichtlich schwermütig küsst er sie auf die Stirn.

CECILY: Was ist denn nur los, Onkel Jack? Jetzt mach doch mal ein fröhliches Gesicht! Du schaust aus, als hättest du Zahnschmerzen, und dabei hab' ich so eine Überraschung für dich. Wer, glaubst du, sitzt grade im Esszimmer? Dein Bruder!

JACK: Wer?

CECILY: Dein Bruder, der Ernst. Er kam vor einer halben Stunde.

JACK: Blödsinn! Ich habe keinen Bruder.

CECILY: Och, sag' doch nicht so was! Wie schäbig er sich dir gegenüber damals auch benommen haben mag, er ist immer noch dein Bruder! So herzlos kannst du doch nicht sein und ihn einfach verstoßen. Ich werde ihn gleich einmal holen gehen und dann wirst du ihm doch deine Hand reichen... nicht wahr, Onkel Jack? *Eilt zurück ins Haus.*

CASULA: Das nenn' ich aber mal eine frohe Botschaft.

MISS PRISM: Jetzt, wo wir alle uns grade erst abgefunden haben mit diesem Verlust, muss er so plötzlich wieder auftauchen! Also irgendwie nimmt mich das doch mit!

JACK: Mein Bruder soll im Esszimmer sein? Ich habe keine Ahnung, was das bedeuten soll. Das ist doch wohl völlig absurd!

ALGERNON und CECILY treten Hand in Hand auf. Sie gehen langsam auf JACK zu.

JACK: Oh mein Gott! *Macht ALGERNON verzweifelt Zeichen zu verschwinden.*

ALGERNON: John, mein Bruder, ich bin eigens aus London gekommen, um dich um Entschuldigung zu bitten; um Entschuldigung für all den Ärger, den ich dir bereitet habe. In Zukunft werde ich ein besseres Leben führen.

JACK starrt ihn an, ergreift jedoch seine Hand nicht.

CECILY: Onkel Jack! Die Hand deines Bruders... du wirst sie doch wohl nicht zurückweisen?!

JACK: Nichts wird mich dazu bringen, ihm die Hand zu geben. Dass er hier aufkreuzt, finde ich einfach bodenlos – und er weiß auch genau warum!

CECILY: Onkel Jack, jetzt sei doch mal ein bisschen nett! In jedem Menschen steckt ein guter Kern. Stell dir mal vor, erst grade noch hat mir Ernest von seinem armen kranken Freund erzählt, den er ständig besucht, – Bunbury heißt er, glaube ich – und jemand der so freundlich ist zu einem Kranken... zu einem wirklich kranken Menschen, der muss doch wohl einfach ein gutes Herz haben. Sogar auf das herrliche City-Life verzichtet er, nur um an einem Schmerzenslager auszuharren.

JACK: Also hat er schon wieder mit seinem Bunbury angefangen?

CECILY: Ganz recht, und er hat mir alles erzählt – von Mister Bunbury und wie dreckig der arme Kerl immer dran ist.

JACK: Bunbury! Der Bursche hat dir hier nichts zu erzählen! Schon gar nicht von seinem Bunbury. Das lass' ich nicht zu! Bunbury! Der macht mich noch völlig verrückt mit seinem Bunbury!

ALGERNON: Ich gebe ja zu, dass die Schuld ganz bei mir liegt. Aber trotzdem… dass mein Bruder John so kalt zu mir ist, das schmerzt mich besonders. Ich hatte mir schon einen herzlicheren Empfang erwartet, mit etwas mehr Begeisterung – vor allem, wenn man bedenkt, dass ich erst das erste Mal hierher komme.

CECILY: Onkel Jack, wenn du Ernest nicht augenblicklich die Hand gibst, werde ich dir das nie verzeihen.

JACK: Mir niemals verzeihen?

CECILY: Nie im Leben!

JACK: Na schön… also dann, zum ersten und zum letzten Mal!

Er gibt ALGERNON die Hand und funkelt ihn dabei wütend an.

CASULA: Ach, ist das nicht herrlich, so eine wunderbare Versöhnung! Ich glaube, wir sollten die beiden Brüder jetzt allein lassen.

MISS PRISM: Cecily, Sie kommen jetzt mit uns.

CECILY: Gewiss doch, Miss Prism. Meine kleine Friedensmission ist jetzt vorbei.

CASULA: Da hast du heute aber eine gute Tat getan, mein Kind.

MISS PRISM: Na, na, Hochwürden! Wir müssen uns hüten, vorschnell zu urteilen.

CECILY: Ich bin so glücklich!

Die drei gehen ab.

JACK: Algy, du Schuft, jetzt schau aber, dass du von hier verschwindest und zwar so bald wie möglich! In meinem Hause wird nicht herumge—bunburried.

MERRIMAN tritt auf.

MERRIMAN: Ich habe Mister Ernests Sachen in das Zimmer neben dem Ihren gebracht, Sir. Das geht doch wohl in Ordnung so?

JACK: Wie bitte?

MERRIMAN: Mister Ernests Gepäck, Sir. Ich habe es bereits ausgepackt und es direkt in das Zimmer neben dem Ihren gebracht.

JACK: Sein Gepäck?

MERRIMAN: Ja, Sir. Drei Koffer, Necessaire, zwei Hutschachteln und ein großer Picknickkorb.

ALGERNON: Ich fürchte, ich werde dieses Mal wohl höchstens nur eine Woche bleiben können.

JACK: Merriman, den Wagen, aber sofort! Mister Ernest ist überraschenderweise nach London zurückgerufen worden.

MERRIMAN: Sehr wohl, Sir. *Geht zurück ins Haus.*

ALGERNON: Jack, du abscheulicher Lügner! Ich bin doch gar nicht zurückgerufen worden.

JACK: Und ob, mein Guter!

ALGERNON: Ich wüsste nicht, dass mich irgendjemand gerufen hätte.

JACK: Deine Pflicht als Gentleman ruft dich zurück.

ALGERNON: Meine Pflicht als Gentleman hat mich noch niemals an meinem Vergnügen gehindert.

JACK: Wem sagst du das!

ALGERNON: Also, Cecily ist einfach ein Schatz!

JACK: Sprich nicht so von Miss Cardew! Das gefällt mir nicht.

ALGERNON: Und was mir nicht gefällt, sind deine Klamotten. Es ist absolut albern, dermaßen von Kopf bis Fuß in Schwarz wegen jemandem zu trauern, der grade dein Gast ist und das für die nächsten sieben Tage. Das find' ich wirklich gradezu grotesk!

JACK: So lange wirst du ganz bestimmt nicht bleiben. Mit dem Zug um 16.05 Uhr wirst du abreisen und zwar noch heute.

ALGERNON: Ich werde dich ganz bestimmt nicht verlassen, solange du Trauer trägst. So etwas machen Freunde nicht. Denn wenn ich in Trauer wäre, würdest du doch ganz bestimmt bei mir bleiben, glaube ich. Andernfalls würd' ich dir das wirklich übel nehmen.

JACK: Na schön... Wirst du dann gehen, wenn ich mich umziehe?

ALGERNON: Also gut, aber nur, wenn es nicht zu lange dauert. Ich habe noch nie erlebt, dass jemand so lange braucht wie du , um sich in Schale zu werfen, und das mit so wenig Erfolg.

JACK: Na ja, das ist immer noch besser als ständig so aufgedonnert herumzulaufen wie du.

ALGERNON: Wenn ich gelegentlich ein wenig overdressed bin, so mache ich das eben dadurch wieder wett, dass ich nun einmal einfach immer so unverschämt geistreich bin - von meinen unverschämt guten Manieren mal ganz zu schweigen.

JACK: Deine Eitelkeit ist einfach lächerlich, dein Verhalten ist wirklich das Allerletzte, und dass du hier stehst, in meinem Garten, ist einfach gradezu absurd. Aber sei es, wie es sei – mit dem Zug um 16.05 wirst du abreisen und hoffentlich hast du eine angenehme Rückfahrt. Deine Bunbury-Tour - oder wie du das nennst – war hier nicht grade sonderlich erfolgreich.

Geht ins Haus.

ALGERNON: Ganz im Gegenteil, [mein Guter], sie war ein kolossaler Erfolg. Ich bin gradezu verliebt in Cecily, und nur darauf kommt es an. *Im hinteren Teil des Gartens erscheint CECILY. Sie nimmt die Gießkanne und beginnt, die Blumen zu gießen.* Aber ich muss sie unbedingt noch sprechen, bevor ich gehe, damit wir uns wieder verabreden können… zu einem weiteren Bunbury… Ah, da ist sie ja.

CECILY: Bin bloß zurückgekommen, um noch die Rosen zu gießen. Ich dachte, du wärst bei Onkel Jack.

ALGERNON: Er ist gegangen. Er lässt nämlich grade den Wagen holen.

CECILY: Oh, will er mit dir einen kleinen Ausflug machen?

ALGERNON: Er schickt mich fort.

CECILY: Dann werden wir uns jetzt verabschieden müssen?

ALGERNON: Ich fürchte, ja, und das schmerzt mich sehr.

CECILY: Abschied tut immer weh. Die Abwesenheit alter Freunde lässt sich leicht mit Gelassenheit ertragen, aber auch nur einen Augenblick lang von jemandem getrennt sein zu müssen, den man grade erst kennengelernt hat,… das ist ja fast nicht mehr auszuhalten...

ALGERNON: Ach, bist du süß!

MERRIMAN tritt auf.

MERRIMAN: Der Wagen ist vorgefahren, Sir.

ALGERNON schaut CECILY flehentlich an.

CECILY: Lassen Sie ihn noch ein wenig warten, Merriman… sagen wir, fünf Minuten.

MERRIMAN: Sehr wohl, Miss.

MERRIMAN ab.

ALGERNON: Ich hoffe, du nimmst es mir nicht übel, Cecily, wenn ich jetzt frank und frei erkläre, dass du für mich die eindeutige Verkörperung der absoluten Vollkommenheit bist – und das in jeglicher Hinsicht.

CECILY: Mein lieber Ernst, deine Offenheit macht dir alle Ehre. Wenn du gestattest, werde ich deine Worte gleich in meinem Tagebuch festhalten. *Geht zum Tisch und beginnt, in ihr Tagebuch zu schreiben.*

ALGERNON: Du führst tatsächlich Tagebuch? Ich würde was darum geben, mal einen Blick hineinzuwerfen. Darf ich?

CECILY: Aber nicht doch! *Bedeckt ihr Tagebuch mit der Hand.* Weißt du, das sind einfach nur die Gedanken und Eindrücke eines sehr, sehr jungen Mädchens... und daher werden sie ganz bestimmt noch veröffentlicht werden. Ich hoffe doch sehr, dass du dir auch ein Exemplar kaufen wirst, sobald das Buch erschienen ist. Ach bitte, mein lieber Ernst, hör' nicht auf. Ich schreibe so gern nach Diktat. Ich habe auch in dieser Hinsicht absolute Vollkommenheit erreicht. Mach einfach weiter so – ich bin bereit für mehr.

ALGERNON *sichtlich verblüfft*: Ähem! Ähem!

CECILY: Oh, bitte nicht räuspern, Ernst. Wenn man anderen etwas diktieren möchte, sollte man immer flüssig sprechen und sich nicht räuspern. Außerdem weiß ich doch gar nicht, wie ich so etwas schriftlich wiedergeben soll, so ein Räuspern.

ALGERNON *sprudelt hervor*: Cecily, schon als ich dich das erste Mal sah, dich, deine herrliche, unvergleichliche Schönheit, habe ich mir ein Herz gefasst, dich zu lieben: stürmisch, leidenschaftlich, hingebungsvoll und – hoffnungslos.

CECILY: Ich glaube nicht, dass du mir das sagen solltest, dass du mich so liebst: stürmisch, leidenschaftlich, hingebungsvoll und hoffnungslos. Vor allem hoffnungslos scheint mir nicht grade viel Sinn zu machen, oder?

ALGERNON: Cecily!

MERRIMAN tritt auf.

MERRIMAN: Der Wagen wartet, Sir.

ALGERNON: Ach sagen Sie ihm doch, er möge nächste Woche um die selbe Zeit noch mal vorbeikommen.

MERRIMAN *schaut zu CECILY, die kein Zeichen gibt*: Sehr wohl, Sir.

MERRIMAN zieht sich zurück.

CECILY: Onkel Jack wäre ganz schön sauer, wenn er wüsste, dass du noch bis nächste Woche bleibst.

ALGERNON: Onkel Jack kümmert mich herzlich wenig. Der einzige Mensch, an dem mir überhaupt etwas liegt auf der Welt bist du. Ich liebe dich. Du wirst mich doch heiraten, oder?

CECILY: Du dummer Junge, natürlich - wo wir doch schon drei Monate verlobt sind.

ALGERNON: Seit drei Monaten sind wir verlobt?

CECILY: Ja. Am Donnerstag sind es genau drei Monate.

ALGERNON: So so... aber wie kam es denn zu unserer Verlobung?

CECILY: Na ja, seitdem Onkel Jack das erste Mal damit herausgerückt ist, dass er noch einen jüngeren Bruder habe, so einen gaaanz, gaaanz schlimmen Jungen, warst du das Hauptgesprächsthema zwischen mir und Miss Prism. Und ein Mann, über den die Leute so viel reden, ist natürlich immer äußerst attraktiv. Man spürt sofort, da muss doch irgendwas Besonderes an ihm sein... trotz allem. Vielleicht war es ja wirklich ein wenig albern von mir, aber ich war sofort hin und weg von dir, du Ernst meines Lebens!

ALGERNON: Mein Schatz! Und wann haben wir uns doch gleich noch mal verlobt?

CECILY: Letzten Valentinstag. Ich war so was von fertig, dass du gar keine Ahnung hattest, dass es mich überhaupt gab. Also beschloss ich, die Sache selbst in die Hand zu nehmen, und nachdem ich lange mit mir gerungen hatte, hab' ich dich schließlich erhört, unter dem guten, alten Baum hier. Am Tag darauf habe ich mir in deinem Namen diesen kleinen Ring gekauft und mir geschworen, ihn ewig zu tragen… als Symbol unserer Liebe.

ALGERNON: Ist der von mir? Er ist wirklich hübsch, nicht wahr?

CECILY: Ja, du hast wirklich einen exquisiten Geschmack, Ernst. Genau deshalb verzeihe ich dir ja auch dein Lotterleben. Und hier, in diesem Kästchen, hebe ich all deine lieben Briefe auf. *Kniet am Tisch nieder, öffnet ein*

Kästchen und holt ein Bündel Briefe mit einem blauen Band hervor.

ALGERNON: Meine Briefe? Ja, aber Cecily, mein Schatz, ich hab dir doch niemals geschrieben!

CECILY: Wem sagst du das! Ich weiß nur allzu gut, dass ich gezwungen war, all deine Briefe selbst zu schreiben. Dreimal die Woche habe ich geschrieben – und manchmal auch öfter.

ALGERNON: Ach, lass mich doch mal lesen!

CECILY: Oh nein, das kann ich wirklich nicht. Du würdest dir nur wer weiß was drauf einbilden. *Räumt das Kästchen beiseite.* Die drei, die du mir geschrieben hast, nachdem ich unsre Verlobung gelöst hatte, waren dermaßen schön und voller Fehler... auch jetzt noch kann ich sie kaum lesen, ohne ein ganz kleines bisschen zu weinen.

ALGERNON: Ja aber ist unsre Verlobung denn überhaupt gelöst worden?

CECILY: Natürlich. Das war am 22. März. Du kannst es ruhig in meinem Tagebuch nachlesen, wenn du möchtest. *Zeigt den entsprechenden Eintrag.* «Verlobung mit Ernst gelöst. Mein Gefühl sagt mir: Es ist besser so. Das Wetter ist immer noch herrlich.»

ALGERNON: Aber warum, um Himmels Willen, hast du nur Schluss gemacht, damals? Was hab' ich denn getan? Ich hatte doch überhaupt nichts getan! Also wirklich, Cecily, es schmerzt mich zutiefst, erfahren zu müssen, dass du unsere Verlobung gelöst hast – noch dazu, wo das Wetter so schön war!

CECILY: Na, das wäre doch keine wirklich ernsthafte Verlobung gewesen, wenn sie nicht wenigstens einmal gelöst worden wäre. Aber noch bevor die Woche um war, hatte ich dir schon verziehen.

ALGERNON *nähert sich ihr und fällt vor ihr auf die Knie*: Cecily, du bist wirklich ein Engel!

CECILY: Was für ein lieber Junge du doch bist – und sooo romantisch! *Er küsst sie. Sie streicht mit den Fingern durch sein Haar.* Das sind doch hoffentlich Naturlocken?

ALGERNON: Natürlich, mein Schatz, - ich helfe nur der Natur ein wenig auf die Sprünge.

CECILY: Ich bin so froh.

ALGERNON: Du wirst doch unsere Verlobung niemals mehr lösen, Schatz?

CECILY: Ich glaube nicht, dass ich das je übers Herz brächte, jetzt, wo ich dich tatsächlich kennengelernt habe. Und dann ist da natürlich noch die Sache mit deinem Namen.

ALGERNON *nervös*: Oh ja, natürlich.

CECILY: Bitte lach mich nicht aus, Schatz, aber schon als kleines Mädchen habe ich immer davon geträumt, einen Mann mit dem Namen Ernst zu lieben. *ALGERNON fährt empor, auch CECILY erhebt sich wieder.* Der hat so was, dieser Name, das absolute Vertrauen einflößt. Mir tun nur all die anderen Frauen leid, deren Mann nicht Ernst heißt.

ALGERNON: Ja aber, liebes Kind, willst du denn allen Ernstes sagen, dass du mich nicht lieben könntest, wenn ich anders hieße?

CECILY: Anders?

ALGERNON: Ganz anders. Algernon zum Beispiel.

CECILY: Aber ich mag den Namen Algernon doch gar nicht.

ALGERNON: Ach, mein Schatz, mein lieber, süßer, kleiner, einziger Schatz, ich kann wirklich nicht begreifen, was du gegen den Namen Algernon hast. So schlecht ist dieser Name doch gar nicht. Genaugenommen ist das ein richtig edler Name, ein aristokratischer Name. Die Hälfte der Burschen, die vor dem Konkursrichter landen, heißt Algernon. Jetzt aber mal Spaß beiseite, Cecily. *Nähert sich ihr.* Du könntest mich also nicht lieben, wenn ich Algy hieße?

CECILY: Ich könnte dich respektieren, Ernst, ich könnte vielleicht auch deinen Charakter bewundern, aber ich fürchte, ich könnte dir niemals meine ungeteilte Aufmerksamkeit schenken.

ALGERNON: Ähem! *Nimmt seinen Hut.* Cecily... Euer hiesiger Pfarrer kennt sich doch wohl einigermaßen aus in der praktischen Ausübung aller kirchlichen Riten und Zeremonien?

CECILY: Aber gewiss doch. Dr. Casula ist ein richtiger Gelehrter. Er hat noch nie ein einziges Buch geschrieben, da merkt man doch gleich, was für ein Wissen er hat.

ALGERNON: Ich muss ihn augenblicklich sprechen, wegen einer dringenden Taufe... will sagen einer verteufelt dringenden Angelegenheit.

CECILY: Oh.

ALGERNON: In etwa einer halben Stunde bin ich zurück.

CECILY: Wenn man bedenkt, dass wir seit dem 14. Februar verlobt sind und ich dich heute zum ersten Mal sehe, finde ich das schon ganz schön hart, dass du mich für so eine lange, lange Zeit wie eine halbe Stunde verlassen musst. Kannst du es auch in zwanzig Minuten schaffen?

ALGERNON: Ich bin gleich wieder da. *Küsst sie und eilt davon, in die Tiefen des Gartens.*

CECILY: Was für ein stürmischer Junge! Und ich mag sein Haar. Ich muss doch gleich einmal seinen Heiratsantrag in meinem Tagebuch festhalten.

MERRIMAN tritt auf.

MERRIMAN: Eine Miss Fairfax wünscht Mister Worthing zu sprechen. In einer äußerst dringenden Angelegenheit, wie Miss Fairfax betont.

CECILY: Ist Mister Worthing denn nicht in seinem Arbeitszimmer?

MERRIMAN: Mister Worthing ist fortgegangen, bereits vor einiger Zeit, ich glaube in Richtung Pfarrhaus.

CECILY: Bitten Sie die Dame doch zu mir in den Garten. Mister Worthing wird bestimmt bald zurück sein. Und Tee können Sie auch bringen.

MERRIMAN: Sehr wohl, Miss. *Ab.*

CECILY: Miss Fairfax… Das muss wohl eine der vielen netten, älteren Damen sein mit denen Onkel Jack bei seinen Charity-Projekten in London zu tun hat. Ich mag diese Frauen nicht besonders, die die Wohltätigkeit zu ihrem Geschäft machen. Ich finde das ganz schön dreist.

MERRIMAN tritt auf.

MERRIMAN: Miss Fairfax.

GWENDOLEN tritt auf. MERRIMAN ab.

CECILY *geht auf GWENDOLEN zu, um sie zu begrüßen*: Gestatten Sie, dass ich mich vorstelle, mein Name ist Cecily Cardew.

GWENDOLEN: Cecily Cardew? *Geht auf sie zu und gibt ihr die Hand.* Mein Gefühl sagt mir, dass wir bald dicke Freundinnen werden. Sie gefallen mir schon jetzt mehr als ich sagen kann. Und mit meinen ersten Eindrücken liege ich immer richtig.

CECILY: Das ist ja furchtbar nett von Ihnen, dass Sie mich jetzt schon mögen, obwohl wir uns erst relativ kurze Zeit kennen. Aber setzen Sie sich doch.

GWENDOLEN *bleibt stehen*: Ich darf Sie doch Cecily nennen?

CECILY: Aber gerne.

GWENDOLEN: Und Sie werden doch immer nur Gwendolen zu mir sagen?

CECILY: Wenn Sie möchten.

GWENDOLEN: Dann wäre das ja wohl geregelt, nicht wahr?

CECILY: Ich hoffe doch sehr.

Kurze Pause. Dann nehmen sie beide Platz.

GWENDOLEN: Vielleicht wäre das eine günstige Gelegenheit, mal zu erwähnen, wer ich bin. Mein Vater ist Lord Bracknell. Vermutlich haben Sie noch nie von Papà gehört.

CECILY: Ich glaube nicht.

GWENDOLEN: Nuuun, außerhalb des Familienkreises ist Papà glücklicherweise gänzlich unbekannt. Und genauso, glaube ich, muss das auch sein. Für einen Mann gibt es in meinen Augen nur einen angemessenen Wirkungskreis: Den häuslichen Herd. Denn sobald ein Mann erst mal seine häuslichen Pflichten vernachlässigt, wird er gleich dermaßen weichlich, um nicht zu sagen weibisch, finden Sie nicht auch? Ich mag das nicht, es macht Männer einfach nur...

attraktiv. Ach, Cecily, Mamà hat in puncto Erziehung sehr strenge Ansichten und hat mich daher zu äußerster Kurzsichtigkeit erzogen. Das gehört nun mal zum System, will sagen zu **ihrem** System. Stört es Sie, wenn ich Sie durch meine Lorgnette ein wenig näher betrachte?

CECILY: Aber nicht doch, Gwendolen, ich hab 's gern, wenn man(n) mich betrachtet.

GWENDOLEN *nachdem sie Cecily gründlich durch ihre Lorgnette gemustert hat*: Sie sind hier wohl nur zu Besuch, nehme ich an?

CECILY: Oh nein, ich wohne hier.

GWENDOLEN *streng*: Tatsächlich? Dann wohnt hier ja sicher auch Ihre Mutter oder irgendeine andere ältere weibliche Verwandte?

CECILY: Nein. Genau gesagt habe ich weder Mutter noch sonstige Verwandte.

GWENDOLEN: So so…

CECILY: Da ist nur mein lieber Vormund, der sich um mich kümmert, - zusammen mit Miss Prism.

GWENDOLEN: Ihr Vormund?

CECILY: Jawohl, ich bin Mister Worthings Mündel.

GWENDOLEN: Na so was! Er hat mir nie etwas gesagt von einem Mündel. Seltsam, seltsam. Er wird ja immer interessanter, der alte Heimlichtuer. Ich glaube jedoch nicht, dass diese Neuigkeiten so ganz die reine Freude für mich sind. *Erhebt sich und geht auf CECILY zu.* Cecily, ich habe Sie wirklich sehr gern... schon seit ich Sie zum ersten Mal sah... aber ich muss doch sagen, jetzt, wo ich weiß, dass Sie Mister Worthings Mündel sind, kann ich nicht umhin, mir zu wünschen Sie wären – sagen wir mal - ein wenig älter als Sie scheinen und von Ihrer Erscheinung her nicht ganz so attraktiv. Genauer gesagt – wenn ich ich offen sprechen darf...

CECILY: Aber bitte doch. Ich glaube, man sollte immer ganz offen sein, wenn man etwas Unangenehmes zu sagen hat.

GWENDOLEN: Nuuun, um der Wahrheit die Ehre zu geben, Cecily, ich wünschte Sie wären zweiundvierzig und für Ihr Alter überdurchschnittlich reizlos. Mein Ernst ist eine aufrechte Natur, er ist der Inbegriff der Ehre und Treue. Untreue ist ihm ebenso fremd wie Lug und Trug. Aber selbst Männer mit dem edelsten Charakter sind oft nur allzu empfänglich für körperliche Reize. Diesbezügliche Beispiele finden Sie sowohl in der älteren als auch in der neueren Geschichte, Beispiele, ohne die – unter uns gesagt – Geschichte einfach nur fürchterlich langweilig wäre.

CECILY: Entschuldigung, Gwendolen, sagten Sie gerade « Ernst»?

GWENDOLEN: Ganz recht, das sagte ich.

CECILY: Aber Mister Ernest Worthing ist doch gar nicht mein Vormund. Sein Bruder ist 's, sein älterer Bruder.

GWENDOLEN *setzt sich wieder*: Von einem Bruder hat mir Ernst nie etwas gesagt.

CECILY: Es tut mir leid das sagen zu müssen, aber ihr Verhältnis war lange Zeit alles andere als gut.

GWENDOLEN: Ah, das erklärt die Sache! Und jetzt, wo ich so darüber nachdenke, hab' ich es tatsächlich noch nie erlebt, dass je ein Mann seinen Bruder erwähnt hätte. Das scheint den meisten Männern wohl irgendwie unangenehm zu sein. Cecily, Sie haben mir einen Stein vom Herzen genommen. Ich hatte mir beinahe schon Sorgen gemacht. Es wäre schrecklich gewesen, wenn irgendein Schatten auf unsere Freundschaft gefallen wäre. Sie sind sich doch völlig sicher, dass Ernest Worthing nicht Ihr Vormund ist?

CECILY: Absolut. *Pause.* Genaugenommen bin ich es, die sich von nun an um ihn kümmert.

GWENDOLEN *forschend*: Wie bitte?

CECILY *sehr scheu und vertrauensvoll*: Meine liebe Gwendolen, ich habe keinen Grund, vor Ihnen ein Geheimnis daraus zu machen. Unser hiesiges Lokalblättchen wird nächste Woche ohnehin davon berichten: Mister Ernest Worthing und ich sind verlobt.

GWENDOLEN *äußerst höflich, während sie sich erhebt*: Ja aber Cecily, mein Herzchen, da liegt wohl ein kleiner Irrtum vor. Mister Ernst Worthing ist mit mir verlobt. Die Anzeige wird spätestens nächsten Samstag in der Morning Post erscheinen.

CECILY *äußerst höflich, während sie sich erhebt*: Es tut mir leid, aber offenbar hegen Sie da wohl eine völlig falsche Vorstellung. Ernst hat um meine Hand angehalten, und zwar genau vor zehn Minuten. *Zeigt ihr Tagebuch.*

GWENDOLEN *betrachtet den entsprechenden Eintrag sehr gründlich durch ihre Lorgnette*: Na, das ist aber wirklich sonderbar! Erst gestern

Nachmittag, um halb sechs, hat er nämlich
schon mich gebeten, seine Frau zu werden.
Falls Sie das gern nachprüfen möchten, tun
Sie sich keinen Zwang an. *Zieht ihr eigenes
Tagebuch hervor.* Ich reise niemals ohne mein
Tagebuch. Man sollte im Zug nämlich immer
etwas Spannendes zu lesen haben. Es tut mir
ja so leid, Sie enttäuschen zu müssen, aber,
meine liebe Cecily, ich war eben nun mal
zuerst da.

CECILY: Es täte mir unsäglich leid, wenn ich
Ihnen mit dem, was ich Ihnen nunmehr zu
sagen genötigt bin, irgendwelche seelischen
oder körperlichen Missempfindungen
bereite, ernstere Missempfindungen, aber,
meine liebe Gwendolen, seitdem Ernst Sie
gestern um Ihre Hand gebeten hat, hat er
doch wohl ganz offensichtlich seine Meinung
geändert.

GWENDOLEN *sinnend*: Wenn mein armer
Junge voll List zu einem leichtfertigen
Versprechen verlockt worden ist, dann ist es

selbstverständlich meine Pflicht, ihn zu retten, unverzüglich und mit starker Hand.

CECILY *nachdenklich und traurig*: Zu was für einem bedauerlichen Fehler auch immer sich mein armer Junge hat hinreißen lassen, ich werde ihm jedenfalls keinen Vorwurf machen, wenn wir erst einmal verheiratet sind.

GWENDOLEN: Miss Cardew, bezeichnen Sie mich etwa als einen Fehler? Was bilden Sie sich eigentlich ein! In Situationen wie dieser ist klare Kante mehr als nur eine moralische Pflicht – es ist gradezu ein Vergnügen!

CECILY: Miss Fairfax, wollen Sie etwa behaupten, ich hätte Ernest arglistig in eine Verlobung gelockt? Wie können Sie es wagen! Na schön, fort mit der netten Maske der Artigkeiten. Ihnen zuliebe werde ich jedenfalls ganz gewiss kein Blatt vor den Mund nehmen! [Wissen Sie eigentlich, wie man eine Frau nennt, die einer anderen den Mann ausspannt?]

GWENDOLEN: Auf das Niveau lass' ich mich doch gar nicht erst herab. Das hab' ich nun, weiß Gott, nicht nötig. Offenbar kommen wir beide doch wohl aus ganz verschiedenen Schichten.

MERRIMAN tritt auf, gefolgt von einem weiteren DIENER mit Tablett, Tischtuch, sowie einem Teewagen mit Tellern. CECILY will schon zu einer scharfen Entgegnung ansetzen. Die Gegenwart der Dienstboten veranlasst die beiden Damen jedoch, sich im Zaum zu halten, was ihnen nicht wenig zu schaffen macht.

MERRIMAN: Soll ich den Tee gleich hier servieren, wie üblich, Miss?

CECILY *ruhig, aber mit einem harten Unterton*: Ja, Merriman, alles wie üblich.

MERRIMAN macht sich daran, den Tisch aufzuräumen und die Tischdecke auszubreiten. Lange Pause. GWENDOLEN und CECILY funkeln einander wütend an.

GWENDOLEN: Und, Miss Cardew, kann man hier in der Nähe schön spazieren gehen?

CECILY: Oh ja. Wir haben hier viele interessante Wege. Von einem der Hügel gleich um die Ecke kann man übrigens fünf Grafschaften auf einmal sehen.

GWENDOLEN: Gleich fünf sogar? Ich glaube nicht, dass mir das sonderlich gefällt. Ich hasse Gedränge.

CECILY *zuckersüß*: Ach, leben Sie deshalb in London?

GWENDOLEN beißt sich auf die Lippen und schlägt ihren Sonnenschirm gegen den Fuß.

GWENDOLEN *blickt um sich*: Ihr Garten ist jedenfalls wunderbar gepflegt, Miss Cardew.

CECILY: Ich freue mich, dass er Ihnen gefällt, Miss Fairfax.

GWENDOLEN: Ich hatte ja keine Ahnung, dass es überhaupt Blumen gibt auf dem Land.

CECILY: Ach, Blumen, Miss Fairfax, sind hier etwas ganz Gewöhnliches – genau wie die Leute in London.

GWENDOLEN: Also ich persönlich kann einfach nicht begreifen, wie man nur auf dem Land leben kann – jedenfalls wenn man jemand ist, der etwas darstellt. Auf dem Land langweile ich mich einfach nur zu Tode.

CECILY: Ach, und das nennt sich dann wohl Agrardepression, nicht wahr? Der Adel soll ja gegenwärtig sehr davon betroffen sein, glaube ich. Fast schon eine Epidemie. Zumindest habe ich das gehört. Darf ich Ihnen ein Tässchen Tee anbieten, Miss Fairfax?

GWENDOLEN *mit ausgesuchter Höflichkeit*: Aber gern, vielen Dank. *Beiseite* Elendes Miststück! Aber meinen Tee muss ich haben.

CECILY *honigsüß*: Zucker?

GWENDOLEN *hochnäsig*: Oh, danke nein. Zucker ist längst nicht mehr angesagt.

CECILY wirft ihr einen wütenden Blick zu, greift zur Zuckerzange und lässt vier Stück Zucker in die Tasse fallen.

CECILY *ernst*: Kuchen oder Brot mit Butter?

GWENDOLEN *blasiert*: Brot mit Butter, bitte. In den besseren Häusern gibt es heute ja kaum noch Kuchen.

CECILY *schneidet ein extragroßes Kuchenstück ab und legt es aufs Tablett*: Das hier ist für Miss Fairfax.

MERRIMAN nimmt das Tablett und reicht es GWENDOLEN. Anschließend geht er mit dem anderen DIENER hinaus. GWENDOLEN nimmt einen Schluck Tee – und verzieht das Gesicht. Sofort stellt sie die Tasse ab, greift nach dem «Brot mit Butter», betrachtet es genauer und stellt fest, dass es sich dabei um Kuchen handelt. Empört springt sie auf.

GWENDOLEN: Sie haben ja lauter Zucker in meinen Tee getan, und obwohl ich Sie ausdrücklich um Brot mit Butter gebeten habe, geben Sie mir Kuchen?! Miss Cardew, ich bin bekannt für mein sanftes Wesen und meine außergewöhnliche Freundlichkeit, aber ich warne Sie, gehen Sie bloß nicht zu weit!

CECILY *erhebt sich ebenfalls*: Um meinen armen, unschuldigen Jungen aus den Schlingen und Netzen einer Anderen zu retten, ist mir kein Weg zu weit.

GWENDOLEN: Ha! Schon vom ersten Augenblick an hab' ich Ihnen misstraut. Sie sind hinterlistig und falsch, das hab ich genau gespürt und glauben Sie mir, mit meinen ersten Eindrücken liege ich immer richtig.

CECILY: Miss Fairfax, mir scheint, ich habe Ihre kostbare Zeit bereits lange genug in Anspruch genommen. Bestimmt müssen Sie hier in der Nachbarschaft noch ein paar ähnliche Besuche machen.

JACK tritt auf.

GWENDOLEN *ihn erblickend*: Ernst meines Lebens!

JACK: Gwendolen, mein Schatz! *Möchte sie küssen.*

GWENDOLEN: Einen Augenblick! Darf ich fragen, ob du mit dieser jungen Dame hier verlobt bist? *Zeigt auf CECILY.*

JACK *lacht*: Mit der lieben, kleinen Cecily? Natürlich nicht! Wer hat dir nur so einen Floh in dein reizendes Öhrchen gesetzt?

GWENDOLEN: Danke. Und jetzt darfst du mich küssen. *Hält ihre Wange hin.*

CECILY *zuckersüß*: Ich wusste doch, Miss Fairfax, dass hier ein Missverständnis vorliegt. Der junge Herr, dessen Arm hier gerade ihre Taille umfängt, ist mein lieber Vormund, Mister John Worthing.

GWENDOLEN: Wie bitte?

CECILY: Das ist Onkel Jack.

GWENDOLEN *weicht zurück*: Jack! Uh!

ALGERNON *tritt auf.*

CECILY: Das hier ist Ernst.

ALGERNON *geht direkt auf CECILY zu, ohne irgend jemand anderen wahrzunehmen*: Geliebte! *Möchte sie küssen.*

CECILY: Einen Augenblick noch, Ernest! Bist du mit dieser jungen Dame hier verlobt?

ALGERNON *sieht sich um*: Mit welcher jungen Dame denn? Oh mein Gott, Gwendolen!

CECILY: Ganz recht, mit «Oh-mein-Gott-Gwendolen», naja mit Gwendolen eben, meine ich.

ALGERNON *lacht*: Natürlich nicht! Wer hat dir nur so einen Floh in dein reizendes Öhrchen gesetzt?

CECILY: Danke. *Reicht ihre Wange zum Kuss.* Dann darfst du mich jetzt küssen.

ALGERNON küsst sie.

GWENDOLEN: Hab ich es doch geahnt, Miss Cardew, dass hier ein kleiner Irrtum vorliegt! Der junge Herr, in dessen Armen Sie sich gegenwärtig befinden, ist niemand anderer als mein Cousin, Mister Algernon Moncrieff.

CECILY *reißt sich von ALGERNON los*: Algernon Moncrieff? Oh!

Die beiden jungen Damen stürzen aufeinander zu und legen einander den Arm um die Hüfte, als wollten sie einander auf diese Art beschützen.

CECILY: Du heißt Algernon?

ALGERNON: Ich kann es nicht leugnen.

GWENDOLEN: Und dein Name ist tatsächlich John?

JACK *reckt sich stolz empor*: Ich könnte es leugnen, wenn ich wollte. Ich könnte alles leugnen, wenn ich denn wollte. Aber Tatsache ist, mein Name ist John; seit Jahren schon schlicht und ergreifend John.

CECILY *zu GWENDOLEN*: So sind wir denn beide betrogen worden!

GWENDOLEN: Ach, meine arme Cecily, was hat man dir nur angetan!

CECILY: Ach, meine kleine Gwendolen, wie übel hat man dir mitgespielt!

GWENDOLEN *langsam und ernst*: Du wirst mich doch Schwester nennen, nicht wahr?

Sie fallen einander in die Arme. Die Männer stöhnen und tigern unruhig umher.

CECILY *heiter*: Aber eine Frage würde ich meinem Vormund doch recht gerne stellen.

GWENDOLEN: Großartige Idee. Mister Worthing, wenn Sie gestatten, möchte ich

Ihnen doch gerne eine einzige Frage stellen. Wo ist Ihr Bruder Ernst? Immerhin sind wir beide ja mit ihm verlobt. Sie werden also verstehen, dass dieser Punkt nicht ganz unwichtig für uns ist.

JACK *langsam und zögernd*: Gwendolen, - Cecily - es ist mir überaus peinlich, dass ich nunmehr gezwungen bin, die Wahrheit zu sagen. Zum ersten Mal in meinem Leben bin ich Knall auf Fall in eine dermaßen scheußliche Lage geraten und ich habe wirklich überhaupt keine Ahnung, wie man so etwas macht. Aber das will ich euch ganz offen und ehrlich sagen: Ich habe gar keinen Bruder namens Ernst. Ich habe überhaupt keinen Bruder. In meinem ganzen Leben habe ich noch niemals einen Bruder gehabt und ich habe auch nicht die leiseste Absicht, mir künftig einen zuzulegen.

CECILY *überrascht*: Gar keinen Bruder?

JACK *fröhlich*: Nein, so rein gar keinen.

GWENDOLEN *streng*: Und du hast auch niemals irgendeinen Bruder gehabt?

JACK *liebenswürdig*: Nein. Weder leiblich noch sonst irgendeinen.

GWENDOLEN: Tut mir leid, Cecily, aber es ist nur allzu klar, dass hier keine von uns auch nur mit irgendeinem verlobt ist.

CECILY: Keine sonderlich angenehme Situation für ein junges Mädchen, das, was meinst du?

GWENDOLEN: Lass uns ins Haus gehen. Sie werden es ja wohl kaum wagen, uns auch noch bis dahin nachzulaufen.

CECILY: Nein. Männer sind solche Feiglinge, oder?

Verächtlichen Blickes verziehen sie sich ins Haus.

JACK: Und dieses heillose Drunter und Drüber nennst du vermutlich wohl Bunbury-Tour?

ALGERNON: Oh ja, ein gradezu herrliches Bunbury! Das schönste Bunbury, das ich je erlebt habe.

JACK : Aber du hast kein Recht, hier ein Bunbury zu veranstalten!

ALGERNON: Blödsinn! Jeder Mensch hat das Recht, so ein kleines Bunbury zu veranstalten, wo immer es ihm beliebt. Und jeder ernsthafte Bunburyaner weiß das auch.

JACK: Ernsthafter Bunburyaner! Mich äfft wohl die Akustik!

ALGERNON: Na ja, irgendwas muss man doch ernst nehmen, wenn man schon ein bisschen Spaß im Leben haben möchte. Und zufälligerweise ist es mir ernst mit meinem Bunbury. Was dir eigentlich überhaupt ernst ist, davon hab' ich nicht die leiseste Ahnung. Du bist ja so was von oberflächlich!

JACK: Der einzige, kleine Trost, den ich bei dieser leidigen Geschichte habe, ist, dass dein feiner Freund Bunbury ein für allemal aufgeflogen ist. Du wirst jetzt nicht mehr so oft aufs Land fahren können wie früher, mein lieber Algy, – und das ist auch gut so!

ALGERNON: Na, dein Bruder hat wohl auch etwas Federn gelassen, nicht wahr, mein lieber Jack? Du wirst jetzt auch nicht mehr so oft nach London ausbüchsen können; von dieser lieben schlechten Gewohnheit kannst du dich schon mal verabschieden. Und das ist auch gar nicht mal so schlecht.

JACK: Wie du dich Miss Cardew gegenüber benommen hast, ist einfach unverzeihlich! Ein süßes, junges, unschuldiges Mädchen dermaßen anzulügen… mal ganz zu schweigen davon, dass sie mein Mündel ist!

ALGERNON: Für dein Verhalten Miss Fairfax gegenüber sehe ich jedenfalls auch keine Entschuldigung. Eine junge Dame, die so geistreich, so clever und in jeder Beziehung erfahren ist, dermaßen an der Nase herumzuführen… mal abgesehen davon, dass es sich hierbei um meine Cousine handelt…

JACK: Ich hab' mich doch nur mit Gwendolen verloben wollen! Ich liebe sie.

ALGERNON: Tja und ich, ich hab mich auch einfach nur mit Cecily verloben wollen. Ich bin verrückt nach ihr.

JACK: Das wird ganz gewiss nicht möglich sein, dass du jemals Miss Cardew heiraten wirst.

ALGERNON: Ich glaube, so hoch ist die Wahrscheinlichkeit auch nicht grade, dass ihr beide je ein Paar werdet, Miss Fairfax und du.

JACK: Das geht dich überhaupt nichts an! Verstehst du? That is no business of yours.

ALGERNON: Business, Business! Wenn es mich etwas anginge, würde ich doch nicht darüber reden. *Macht sich über die Muffins her.* Anderenfalls wäre das ja äußerst vulgär. Nur solche Leute wie Börsenmakler reden vom «Business» und ihren Geschäften, und das auch nur auf Dinnerparties.

JACK: Ich fass' es nicht! Wie kannst du bei all dem Ärger nur seelenruhig dasitzen und Muffins futtern! Du bist ja so was von herzlos!

ALGERNON: Nun, aufgeregt werd' ich doch wohl keine Muffins essen können. Da krieg' ich ja lauter Fettflecken auf meine Manschetten! Ruhig muss man Muffins essen, immer nur gaaanz ruuuhig. Das ist die einzige Möglichkeit.

JACK: Ich meine, es ist so was von herzlos, dass du unter diesen Umständen überhaupt Muffins isst!

ALGERNON: Wenn ich Ärger habe oder in irgendwelchen Schwierigkeiten stecke, dann ist essen das Einzige, was mich tröstet. Und wer mich wirklich gut kennt, der wird dir das nur bestätigen können: Wenn's mir mal wirklich so richtig dreckig geht, dann verweig're ich einfach alles – nur nicht Essen und Trinken. Und im Augenblick esse ich

Muffins, weil ich unglücklich bin. Außerdem habe ich Muffins besonders gern. *Erhebt sich.*

JACK *erhebt sich ebenfalls*: Ja, aber deswegen musst du doch nicht gleich so gierig sein und alle verdrücken. *Nimmt ALGERNON die Muffins weg.*

ALGERNON *bietet ihm Teekuchen an*: Ach, nimm dir doch lieber ein wenig Teekuchen. Teekuchen mag ich nämlich nicht besonders.

JACK: Na, jetzt schlägt 's aber Dreizehn! In meinem eigenen Garten werd' ich doch wohl noch Muffins essen dürfen!

ALGERNON: Aber grade hast du doch noch gesagt, es sei so was von herzlos, Muffins zu essen!

JACK: Herzlos von dir, sagte ich, und unter diesen Umständen. Das ist doch wohl ganz etwas anderes.

ALGERNON: Mag sein. Aber die Muffins sind die selben. *Nimmt JACK den Teller mit den Muffins wieder ab.*

JACK: Bei Gott, Algy, ich wünschte du würdest gehen!

ALGERNON: Aber du kannst mich doch nicht einfach fortschicken, so ganz ohne Dinner! Das ist ja gradezu absurd. Ich gehe niemals ohne mein Dinner. So etwas machen doch nur Veggies und ähnliche Zeitgenossen. Außerdem habe ich doch grade erst mit Dr. Casula vereinbart, dass ich mich um viertel nach sechs taufen lasse – und zwar auf den Namen Ernst.

JACK: Hör mal, Freundchen, je eher du aufhörst mit diesem Schwachsinn, desto besser ist es. Ich habe heute morgen schon einen Termin mit Dr. Casula vereinbart, für meine Taufe, um halb sechs. Und natürlich ist Ernst bereits mein neuer Name. Gwendolen würde das auch so wollen. Wir können uns doch nicht beide gleichzeitig taufen lassen und dann auch noch auf den Namen Ernst!

Das ist doch absurd. Außerdem ist es mein gutes Recht, mich taufen zu lassen, wenn ich das möchte. Es gibt überhaupt keinen Beweis, dass ich je getauft worden bin. Ich halte es nur für allzu wahrscheinlich, dass ich gar nicht getauft worden bin, und Dr. Casula sieht das genauso. Bei dir ist das ganz was anderes. Du bist schon getauft worden.

ALGERNON: Ja, aber das ist schon lange her!

JACK: Aber wenigstens wurdest du getauft. Und das ist der springende Punkt.

ALGERNON: Ganz recht. Und daher weiß ich auch, dass ich es überhaupt gesundheitlich verkrafte. Falls du dir da nicht ganz so sicher bist mit deiner Taufe, so muss ich dir ehrlich sagen, dass ich es doch für sehr gefährlich halte, dass du es ausgerechnet jetzt riskieren möchtest. Das könnte dir nämlich gar nicht gut bekommen. Oder hast du etwa schon vergessen, dass irgendjemand aus deiner unmittelbaren Verwandtschaft erst diese Woche in Paris beinahe an einer schweren Erkältung gestorben wäre?

JACK: Aber du hast doch selbst gesagt, dass eine schwere Erkältung nicht erblich ist!

ALGERNON: Normalerweise nicht, das weiß ich auch, aber unter diesen Umständen... Die Wissenschaft hat in der letzten Zeit einfach erstaunliche Fortschritte gemacht.

JACK *reißt ihm den Teller mit den Muffins aus der Hand*: So ein Blödsinn! Du redest aber auch nichts als Blödsinn!

ALGERNON: Mensch, Jack, du machst dich ja schon wieder über die Muffins her! Ich wünschte, du würdest das lassen. Es sind nur noch zwei übrig. *Schnappt sie sich.* Ich hab' dir doch gesagt, dass ich Muffins so gern hab!

JACK: Aber ich hasse Teekuchen!

ALGERNON: Warum um Himmels Willen lässt du dann deinen Gästen nur Teekuchen vorsetzen? Sag mal, was verstehst du denn bloß unter Gastfreundschaft!

JACK: Algernon, ich hab' dir doch gesagt, dass du jetzt gehn sollst! Ich will dich hier nicht haben. Warum verschwindest du nicht endlich!

ALGERNON: Ich bin doch noch gar nicht fertig mit meinem Tee. Und ein Muffin ist ja auch noch übrig.

JACK stöhnt und lässt sich in einen Stuhl fallen, während ALGERNON ungerührt weiter isst.

Vorhang.

3. Akt

Salon im Herrenhaus.

GWENDOLEN und CECILY stehen am Fenster und schauen hinaus in den Garten.

GWENDOLEN: Dass sie uns nicht sofort ins Haus gefolgt sind wie jeder Andere es getan hätte, zeigt – glaube ich – , dass sie wenigstens noch etwas Schamgefühl haben.

CECILY: Sie essen Muffins. Das sieht nach Reue aus!

GWENDOLEN *nach einer Pause*: Die scheinen uns ja überhaupt nicht zu bemerken! Könntest du nicht einmal husten?

CECILY: Aber ich habe doch keinen Husten.

GWENDOLEN: Sie schau'n uns an. Ja, so eine Frechheit!

CECILY: Sie kommen. Ganz schön dreist von ihnen, das.

GWENDOLEN: Da hilft nur noch eines: Würdevolles Schweigen.

CECILY: Du hast ja so recht, Gwendolen.

JACK tritt auf, gefolgt von ALGERNON. Sie pfeifen einen beliebten Gassenhauer aus einer britischen Oper.

GWENDOLEN: Dieses würdevolle Schweigen hat aber unangenehme Nebenwirkungen!

CECILY: Einfach gradezu abscheuliche!

GWENDOLEN: Wir werden aber nicht zuerst reden.

CECILY: Ganz sicher nicht!

GWENDOLEN: Mister Worthing, ich muss Sie etwas ganz bestimmtes fragen. Und von Ihrer Antwort hängt sehr viel ab.

CECILY: Ach Gwendolen, dein gesunder Menschenverstand ist einfach unbezahlbar!

Mister Moncrieff, würden Sie mir doch bitte einmal folgende Frage beantworten: Weshalb haben Sie sich als Bruder meines Vormunds ausgegeben?

ALGERNON: Damit ich einmal die Chance bekäme, dich kennenzulernen.

CECILY *zu GWENDOLEN*: Na, das klingt doch nach einer befriedigenden Antwort, oder?

GWENDOLEN: Ja, meine Liebe, wenn du ihm nur glauben kannst.

CECILY: Tu' ich nicht. Aber seine Worte finde ich trotzdem wunderschön - da hilft einfach alles nichts.
GWENDOLEN: Das ist nur allzu wahr. In Fragen von entscheidender Bedeutung, ist es die Form, worauf es einzig ankommt, und nicht der Inhalt. Und, Mister Worthing? Welche Erklärung haben Sie mir anzubieten, dafür, dass Sie so getan haben, als hätten Sie einen Bruder? War es vielleicht, damit Sie in die Stadt fahren und mich so oft wie möglich sehen konnten?

JACK: Können Sie etwa daran zweifeln, Miss Fairfax?

GWENDOLEN: Ich hege allerdings die schwersten Zweifel diesbezüglich. Aber ich werde sie schlicht und ergreifend einfach beiseite wischen. Das ist jetzt nicht der Augenblick für deutschen Skeptizismus. *Wendet sich an CECILY.* Ihre Erklärungen scheinen mir doch ganz zufriedenstellend, besonders Mister Worthings. Grade hier kann ich nur sagen: Prädikat absolut ehrlich .

CECILY: Mit Mister Moncrieffs Antwort bin ich mehr als zufrieden. Allein wenn man nur seine Stimme hört, muss man ihm einfach glauben.

GWENDOLEN: Dann denkst du, wir sollten Ihnen verzeihen?

CECILY: Ja… äh, ich meine natürlich: Ganz sicher nicht!

GWENDOLEN: Stimmt. Das hätte ich ja beinahe vergessen! Hier stehen Prinzipien auf dem Spiel, die wir unmöglich aufgeben können. Aber wer von uns beiden sagt ihnen das jetzt am besten? Diese Aufgabe ist nicht grade sonderlich angenehm.

CECILY: Könnten wir es ihnen denn nicht gemeinsam sagen? Wir beide, gleichzeitig?

GWENDOLEN: Hervorragend, gleichzeitig, damit kenn' ich mich aus! Ich rede ja eh fast immer, wenn andere etwas sagen wollen. Ist es dir recht, wenn ich den Takt schlage?

CECILY: Aber gewiss doch.

GWENDOLEN *und* CECILY *gleichzeitig, während GWENDOLEN mit erhobenem Finger den Takt schlägt*: Eure Vornamen sind einfach ein unüberwindliches Hindernis. Das ist der Grund.

JACK *und* ALGERNON *gleichzeitig*: Unsre Vornamen? Ist das der Grund? Noch heute Nachmittag werden wir uns taufen lassen!

155

GWENDOLEN *zu JACK*: Um meinetwillen bist du bereit, etwas derart Entsetzliches auf dich zu nehmen?

JACK: Ja, das bin ich!

CECILY *zu ALGERNON*: Nur mir zuliebe willst du dich dieser schrecklichen Prüfung unterziehen?

ALGERNON: Ja, das will ich!

GWENDOLEN: Und da sagen die Leute noch, es gebe doch gar keinen Unterschied zwischen den Geschlechtern! Wo es um Opferbereitschaft geht, übertreffen uns die Männer ja bei weitem.

JACK: So ist es. *Drückt ALGERNON die Hand.*

CECILY: Stimmt. Es gibt Augenblicke, da riskieren sie Leib und Leben – also uns Frauen ist das ja völlig fremd!

GWENDOLEN *zu JACK*: Geliebter!

ALGERNON *zu CECILY*: Mein Schatz!

Sie fallen einander in die Arme.
MERRIMAN tritt auf. Kaum, dass er die Szene
betreten hat, erfasst er sofort die Situation und
räuspert sich vernehmlich.

MERRIMAN: Ähèm! Ähèm! Lady Bracknell!

JACK: Verflixt auch!

LADY BRACKNELL tritt auf. Entsetzt fahren die
Pärchen auseinander. MERRIMAN ab.

LADY BRACKNELL: Gwendolen, was hat das
zu bedeuten?

GWENDOLEN: Ich bin verlobt, Mamà, und
zwar mit Mister Worthing. Das ist alles.

LADY BRACKNELL: Hierher, Gwen! Setz
dich – und zwar augenblicklich! Zögern ist
bei jungen Leuten nur ein Zeichen von
geistigem Verfall – bei den Älteren ist es
Ausdruck körperlicher Schwäche. *Wendet sich*

an JACK. [Damit haben Sie wohl nicht gerechnet? Nun geben Sie acht, mein Herr:] Eine getreue Dienerin hat mich unverzüglich von Gwendolens Flucht informiert und wissen Sie wer? Gwendolens Zofe - deren Loyalität ich mir erst einmal mit einem kleinen Obolus erkaufen musste. Ich bin meiner Tochter unverzüglich gefolgt, mit dem nächstbesten Zug, den ich erwischen konnte. Ihr armer Vater glaubt zum Glück immer noch, sie besuche nur ein etwas längeres Seminar der örtlichen Volkshochschule zum Thema „Das bedingungslose Grundeinkommen und seine Auswirkungen auf den menschlichen Geist". Ich hielt es nicht für ratsam, ihm die Wahrheit zu sagen. Genaugenommen hab' ich ihm noch niemals die Wahrheit gesagt. Ich hielte das einfach für falsch. Sie werden doch sicher verstehen, mein Herr, dass jeglicher Kontakt zwischen Ihnen und meiner Tochter nunmehr zu unterbleiben hat – von jetzt an und für immer. In diesem Punkt, wie auch in allen anderen Punkten, bin ich eisern.

JACK: Aber ich bin doch mit Gwendolen verlobt, Lady Bracknell!

LADY BRACKNELL: Erlauben Sie mal, mein Herr, Sie sind nichts dergleichen! Und jetzt zu Algernon. Algernon!

ALGERNON: Ja, Tante Augusta.

LADY BRACKNELL: Wohnt dein kranker Freund Mister Bunbury etwa hier, in diesem Haus?

ALGERNON *stammelt*: Oh… nein…hier nicht. Bunbury ist jetzt ganz woanders. Genauer gesagt ist er tot.

LADY BRACKNELL: Tot? Das muss ja ganz schön plötzlich passiert sein.

ALGERNON *leichthin*: Och, heute Nachmittag hab' ich ihn umgebracht… ich meine natürlich mit meinem armen Bunbury ging es heute Nachmittag zu Ende.

LADY BRACKNELL: Und woran ist er denn gestorben?

ALGERNON: Bunbury? Och, der ist regelrecht hochgegangen.

LADY BRACKNELL: Drück dich doch bitte etwas gewählter aus! Meinst du etwa, er fiel einem Terroranschlag zum Opfer? Ich wusste gar nicht, dass Mister Bunbury sich für soziale Fragen interessiert hat. Na, das hat er dann wohl davon. Wie kann der Mensch auch nur so morbid sein!

ALGERNON: Meine liebe Tante Augusta, ich wollte doch sagen, dass man ihm draufgekommen ist... ich meine natürlich, die Ärzte sind darauf gekommen, dass Bunbury im Grunde gar keine Chance hatte... tja – und so starb er denn auch.

LADY BRACKNELL: Na, er scheint ja wirklich großes Vertrauen in die Meinung seiner Ärzte gehabt zu haben. Jedenfalls bin ich froh, dass er sich am Ende doch noch entschieden hat und seinem Kurs so unbeirrt gefolgt ist - ja, und dann noch unter ärztlicher Aufsicht! Und jetzt, wo wir Mister Bunbury endlich los sind, würde ich Sie gern etwas fragen, Mister Worthing. Wer ist denn das junge Ding, mit dem mein Neffe Algernon hier grade Händchen hält und dann auch noch – wie mir scheint – auf eine derart unnötige Art und Weise?

JACK: Die junge Dame ist Miss Cecily Cardew, mein Mündel.

LADY BRACKNELL neigt kühl den Kopf Richtung CECILY.

ALGERNON: Ich bin mit Cecily verlobt, Tante Augusta.

LADY BRACKNELL: Wie bitte?

CECILY: Mister Moncrieff und ich sind verlobt, Lady Bracknell.

LADY BRACKNELL: [Ist das jetzt schon der Klimawandel oder] warum ist die Luft in ausgerechnet dieser Gegend von

Hertfordshire so besonders anregend? Auf jeden Fall liegt mir die Anzahl der Verlobungen hier entschieden über dem Durchschnittswert, den unsere amtlichen Statistiken verkünden, und zwar damit wir uns danach richten. Ich glaube, es wäre nicht unangebracht, wenn ich von mir aus bereits im Vorfeld ein paar Erkundigungen einhole. Mister Worthing, hat Miss Cardew auch nur irgendetwas zu tun mit einem der Londoner Bahnhöfe? Ich frage nur so, aus Interesse. Bis gestern hatte ich ja gar keine Ahnung, dass es überhaupt Familien gibt, die vom Bahnhof abstammen.

JACK sieht fuchsteufelswild drein, beherrscht sich aber.

JACK *eisig*: Miss Cardew ist die Enkelin von Herrn Thomas Cardew, Gott hab' ihn selig. Dem Thomas Cardew aus Belgrave Square Nummer einhundertneunundvierzig; Gervase Park, Dorking, in Surrey und „The Sporran", Fife, in Schottland.

LADY BRACKNELL: Gar nicht einmal so schlecht. Drei Adressen machen doch immer gleich einen ganz seriösen Eindruck, sogar bei Kaufleuten. Aber können Sie mir auch beweisen, dass diese Angaben denn auch stimmen?

JACK: Ich habe das Adelsverzeichnis für den entsprechenden Zeitraum sorgfältig aufbewahrt. Sie können jederzeit Einsicht nehmen.

LADY BRACKNELL *grimmig*: Ich habe schon die seltsamsten Irrtümer in dieser Art Publikationen erlebt.

JACK: Miss Cardews Familienanwälte sind die Herren Markby, Markby und Markby.

LADY BRACKNELL: Markby, Markby und Markby? Eine der angesehensten Firmen in ihrer Branche. Ich habe sogar gehört, dass man einen der Herren Markby gelegentlich auf Dinnerparties sehen kann. Insoweit bin ich zufrieden.

JACK *äußerst gereizt*: Zu gütig von Ihnen, Lady Bracknell! Ich verfüge außerdem – und das wird Sie sicher freuen zu hören – über diverse Bescheinigungen und Urkunden Miss Cardew betreffend: Geburtsschein, Taufschein, Meldezettel, Impfpass, sowie Atteste über Keuchhusten, Konfirmation, Masern und Röteln.

LADY BRACKNELL: Ah, was für ein ereignisreiches und bewegtes Leben! Vielleicht eine Spur zu ereignisreich und zu bewegt für ein eine junge Dame. Also, ich persönlich halte ja nicht grade viel von allzu frühen Erfahrungen. *Erhebt sich und sieht auf ihre Uhr.* Gwendolen, es wird Zeit zu gehen! Wir dürfen keinen Augenblick länger säumen. Nur der Form halber frage ich Sie jetzt noch, ob Miss Cardew denn überhaupt etwas Vermögen besitzt.

JACK: Och, nur 130.000 Pfund in Staatspapieren, das ist alles. Auf Wiedersehn, Lady Bracknell, es hat mich sehr gefreut.

LADY BRACKNELL *setzt sich wieder*: Mooo-
ment, Mister Worthing. 130.000 Pfund? Und
in Staatspapieren? Jetzt, wo ich mir Miss
Cardew genauer anschaue, scheint sie mir
doch eine äußerst attraktive junge Dame zu
sein. Nur wenige Mädchen haben heutzutage
überhaupt noch richtig solide Werte, Werte,
die Bestand haben, meine ich, und die sich
mit der Zeit sogar steigern. Heutzutage sind
die Menschen ja leider so was von
oberflächlich! *Zu CECILY.* Komm her, mein
Liebes. *CECILY geht zu ihr.* Was für ein
hübsches Mädchen! Aber dein Kleid ist
beklagenswert schlicht und auch dein Haar ist
ja scheint' s immer noch in dem gleichen
Zustand, wie du es von Natur aus hast. Aber
das alles werden wir bald behoben haben.
Eine erfahrene französische Zofe kann da in
kurzer Zeit wahre Wunder vollbringen. Ich
weiß es noch genau, ich habe einmal der
jungen Lady Lancing so eine richtige femme
de chambre empfohlen und nach drei
Monaten erkannte sie ihr eigener Mann nicht
wieder.

JACK *beiseite*: Ja – und am Ende dann gar keiner mehr.

LADY BRACKNELL funkelt Jack einen Moment lang wütend an. Dann wendet sie sich mit einem perfekt einstudierten Lächeln an CECILY.

LADY BRACKNELL: Dreh dich doch bitte mal um, liebes Kind. *CECILY dreht ihr den Rücken zu.* Nein, das Profil bitte. *CECILY zeigt ihr Profil.* Jawohl, genau so, wie ich es erwartet hatte. Mit diesem Profil wirst du ganz eindeutig gute Chancen in der Gesellschaft haben. Was in unserer Zeit nämlich fehlt sind klare Linien. Das Kinn etwas höher, Liebes. Stil in jeglicher Hinsicht hängt größtenteils davon ab, wie man das Kinn hält. Im Augenblick [und nicht nur unter Queen Victoria] recken wir es stolz empor – von der Nase einmal ganz zu schweigen. Algernon!

ALGERNON: Ja, Tante Augusta?

LADY BRACKNELL: Habe ich schon erwähnt, dass Miss Cardew mit ihrem Profil eindeutig gute Chancen in der Gesellschaft haben wird?

ALGERNON: Cecily ist das liebste, süßeste, schönste Mädchen auf der ganzen Welt und die Ansprüche der Gesellschaft kümmern mich herzlich wenig.

LADY BRACKNELL: Sprich niemals respektlos über die Gesellschaft, Algernon! Nur Leute, die es nicht schaffen dazuzugehören, machen so etwas. *Zu CECILY.* Mein liebes Kind, dir ist doch natürlich eines klar: Zum Leben hat Algernon nichts als seine Schulden. Aber von Ehen nur um des schnöden Geldes willen halte ich gar nichts. Als ich damals Lord Bracknell geheiratet habe, hatte ich auch überhaupt kein Vermögen, aber nicht einmal im Traum hab' ich auch nur einen Augenblick daran gedacht, mich durch so etwas aufhalten zu lassen. Tja, ich glaube, ich werde wohl meine Zustimmung geben müssen.

ALGERNON: Oh, vielen Dank, Tante Augusta!

LADY BRACKNELL: Cecily, du darfst mir jetzt einen Kuss geben.

CECILY: Vielen Dank, Lady Bracknell.

LADY BRACKNELL: Von nun an darfst du mich Tante Augusta nennen.

CECILY: Ich danke dir, Tante Augusta.

LADY BRACKNELL: Ich glaube, die Hochzeit sollte wohl besser so bald wie möglich stattfinden.

ALGERNON: Ich danke dir, Tante Augusta.

CECILY: Oh, vielen Dank, Tante Augusta!

LADY BRACKNELL: Offen gestanden, ich persönlich halte ja nicht grade viel von langen Verlobungen. Sie geben den Leuten nur die Möglichkeit, noch vor der Hochzeit herauszufinden, wie denn der Partner in Wirklichkeit ist. Und das ist, glaube ich, niemals ratsam.

JACK: Es tut mir ja so leid, Sie unterbrechen zu müssen, Lady Bracknell, aber diese Verlobung kommt überhaupt nicht in Frage. Ich bin Miss Cardews Vormund und ohne meine Zustimmung darf sie nicht heiraten, bevor sie volljährig ist. Und diese Zustimmung verweigere ich – und zwar kategorisch.

LADY BRACKNELL: Und weshalb, wenn ich fragen darf? Algernon ist doch eine äußerst gute Partie. Die Frauen, mein' ich, können sich glücklich schätzen! Er hat zwar nichts, mein Neffe - na und? - , aber keiner, der ihn sich so anschaut, käme jemals auf diesen Gedanken, so vielversprechend sieht mein Algernon aus. Was will der Mensch denn mehr?

JACK: Glauben Sie mir, Lady Bracknell, es ist mir wirklich äußerst unangenehm, dass ich mich Ihnen gegenüber dermaßen unverblümt über Ihren Neffen äußern muss, aber ich hege nun einmal die schwerwiegendsten Bedenken, was seine Moral angeht und seinen

Charakter. Ich habe so das Gefühl, man kann ihm einfach nicht trauen.

ALGERNON und CECILY starren ihn an, im ersten Moment völlig perplex, im nächsten Augenblick aber äußerst indigniert.

LADY BRACKNELL: Wie bitte? Meinem Neffen Algernon soll man nicht trauen können? So etwas ist ausgeschlossen, mein Herr! Immerhin hat er in Oxford studiert.

JACK: Ich fürchte, es kann wohl kein Zweifel diesbezüglich bestehen. Heute Nachmittag – während ich noch in einer dringenden Herzensangelegenheit in London weilte – hat er sich Zutritt zu meinem Haus erschlichen, indem er sich fälschlicherweise für meinen Bruder ausgab. Unter falschem Namen hat er dann – wie mir soeben von meinem Butler mitgeteilt worden ist – ein ganzes Piccolofläschchen von meinem guten Perrier-Jouet, Brut, Jahrgang '89 geleert – und diesen edlen Tropfen habe ich ausschließlich für mich reserviert. Rücksichtslos setzte Ihr Neffe diese arglistige Täuschung fort, wobei es ihm im Laufe des Nachmittages schließlich gelang, die Zuneigung meines einzigen Mündels zu rauben. Anschließend blieb er auch noch zum Tee und vertilgte jedes einzelne Muffin. Und was sein Benehmen noch obendrein um so herzloser macht, ist die Tatsache, dass er schon von vornherein ganz genau wusste, dass ich überhaupt keinen Bruder habe. Erst gestern Nachmittag noch habe ich es ihm klipp und klar gesagt: Ich habe keinen Bruder, ich habe noch niemals irgendeinen Bruder gehabt und ich habe auch nicht die leiseste Absicht, mir einen zuzulegen.

LADY BRACKNELL: Ähem! Mister Worthing, nach reiflicher Überlegung bin ich zu dem Entschluss gekommen, das Verhalten meines Neffen Ihnen gegenüber mit aller Entschiedenheit zu ignorieren.

JACK: Das ist sehr großzügig von Ihnen, Lady Bracknell. Allein, mein Entschluss steht fest. Meine Zustimmung gebe ich nicht!

LADY BRACKNELL *zu CECILY*: Komm her, liebes Kind. *CECILY geht zu ihr.* Wie alt bist du denn, Liebes?

CECILY: Nuuun, eigentlich bin ich ja erst achtzehn, aber auf Parties sag' ich einfach, ich sei schon zwanzig.

LADY BRACKNELL: Mit dieser kleinen Korrektur hast du auch völlig recht. Wahrhaftig, keine Frau sollte es mit ihrem Alter so ganz genau nehmen. Das wirkt nämlich so etwas von berechnend. *Sinnend.* Achtzehn Jahre, behauptet auf Parties, sie sei schon zwanzig. Nun ja, allzu lange wird es nicht mehr dauern, dann bist du endlich volljährig
und frei von den Zwängen der Vormundschaft. Daher glaube ich auch nicht, dass wir die Zustimmung deines gesetzlichen Vertreters denn so unbedingt brauchen werden.

JACK: Entschuldigen Sie bitte, Lady Bracknell, dass ich Sie schon wieder unterbrechen muss, aber ich halte es nur für fair, Ihnen Folgendes mitzuteilen: Einer entsprechenden Klausel in Mister Cardews Testament zufolge wird seine Enkelin Cecily in rechtlicher Hinsicht erst dann volljährig, wenn Sie fünfunddreißig ist.

LADY BRACKNELL: Also für mich ist das kein schwerwiegender Einwand. Fünfunddreißig ist doch ein äußerst attraktives Alter. Die Londoner Gesellschaft ist voll von Damen aus den besten Familien, die alle fünfunddreißig sind und das schon seit Jahren. Sie alle haben sich ganz bewusst dazu entschieden, wie etwa Lady Dumbleton zum Beispiel. Soweit ich weiß, ist sie fünfunddreißig, seitdem sie vierzig ist, und das ist jetzt auch schon wieder einige Jahre her. Ich sehe daher keinen Grund, warum unsere liebe Cecily mit fünfunddreißig nicht noch attraktiver sein sollte als jetzt. Man bedenke nur, was bis dahin alles an Zinsen zusammenkommt!

CECILY: Algy, könntest du auf mich warten, bis ich fünfunddreißig bin?

ALGERNON: Natürlich könnte ich das, Cecily. Das weißt du doch.

CECILY: Ja, das habe ich sofort gespürt. Aber ich, ich könnte nicht so lange warten. Ich hasse es, warten zu müssen. Selbst wenn ich nur fünf Minuten auf irgendjemanden warten muss, macht mich das immer fuchsteufelswild. Ich weiß, ich bin zwar selber nicht besonders pünktlich, aber ich schätze es doch sehr, wenn die Anderen pünktlich sind. Warten – und sei es auch auf die Hochzeit - … so etwas kommt nicht in Frage!

ALGERNON: Tja… was sollen wir da machen, Cecily?

CECILY: Das weiß ich auch nicht, Mister Moncrieff.

LADY BRACKNELL: Mein lieber Mister Worthing, Sie hören es ja selbst. Miss Cardew hat unmissverständlich klargestellt, dass sie nicht warten kann, bis sie mal fünfunddreißig ist. Auch wenn ich daraus schließen muss, dass das liebe Kind – mit Verlaub gesagt – offenbar nicht grade besonders geduldig ist, möchte ich Sie doch recht herzlich bitten, Ihre Entscheidung noch einmal zu überdenken.

JACK: Ja, aber meine liebe Lady Bracknell, das liegt doch wohl ganz in Ihrer Hand. Sobald Sie mir Ihre Einwilligung zu meiner Hochzeit mit Gwendolen geben, werde ich auch Ihrem Neffen erlauben, den Bund fürs Leben mit meinem Mündel zu schließen – und das mit dem größten Vergnügen!

LADY BRACKNELL *erhebt sich und reckt sich stolz empor*: Ihnen ist doch wohl hoffentlich klar, mein Herr, dass Ihr Vorschlag einfach völlig unmöglich ist!

JACK: Na, dann freuen wir uns alle schon einmal auf ein leidenschaftliches Zölibat!

LADY BRACKNELL: Das ist nicht das Schicksal, dass ich für Gwendolen vorgesehen habe. Algernon kann da natürlich ganz für sich allein entscheiden. *Zieht ihre Uhr hervor.*

Komm jetzt, mein Kind. *GWENDOLEN erhebt sich.* Wir haben schon fünf, wenn nicht gar sechs Züge verpasst. Noch einen und wir werden uns auf dem Bahnsteig am Ende noch auf einige Bemerkungen gefasst machen können.

DR. CASULA tritt auf.

CASULA: So, meine lieben Brüder und Schwestern, es ist jetzt alles bereit für die Taufen!

LADY BRACKNELL: Die Taufen, Sir? Ist das denn nicht noch ein wenig zu früh?

CASULA *macht ein ziemlich verwirrtes Gesicht; dann deutet er auf JACK und ALGERNON*: Aber die beiden Herren haben doch den ausdrücklichen Wunsch geäußert, sich umgehend taufen zu lassen.

LADY BRACKNELL: In ihrem Alter? Die Idee ist ja gradezu grotesk und gottlos! Algernon, ich verbiete dir ausdrücklich, dich taufen zu lassen! Von solchen Ausschweifungen will ich nichts hören! Lord Bracknell wäre äußerst ungehalten, wenn er erfahren müsste, dass du auf diese Art deine Zeit und dein Geld vergeudest.

CASULA: Soll das etwa heißen, dass heute Nachmittag dann überhaupt keine Taufe stattfinden soll?

JACK: Ich glaube, so wie die Dinge jetzt liegen, Dr. Casula, hat das wohl für keinen von uns noch irgendeinen Nutzen.

CASULA: Mister Worthing, ich bin zutiefst betroffen. Solche Äußerungen von Ihnen! Das erinnert fatal [an das krude Gedankengut, will sagen] an die Ketzereien der Anabaptisten. Derartigen Ansichten bin ich schon immer entschieden entgegengetreten, ein Stück weit und nachhaltig – Sie können das bereits in vier meiner unveröffentlichten Predigten nachlesen.[9] Aber da Sie im Augenblick eher wohl offenbar recht weltlich gestimmt sind, kehre ich jetzt besser in meine Kirche zurück. Außerdem hat mir der Mesner grade noch zwischen Tür und Angel gesagt, dass Miss

Prism in der Sakristei auf mich wartet und das schon seit eineinhalb Stunden.

LADY BRACKNELL *zuckt zusammen*: Miss Prism! Sagten Sie grade Miss Prism?

CASULA: Ganz recht, Lady Bracknell. Ich bin schon auf dem Weg zu ihr.

LADY BRACKNELL: Oh, bitte warten Sie noch – nur noch einen Augenblick. Möglicherweise stellt sich noch heraus, dass diese Angelegenheit für Lord Bracknell und mich von entscheidender Bedeutung ist, um nicht zu sagen von allergrößter Bedeutung. Ist diese Miss Prism vielleicht eine Person von abstoßendem Äußeren, die entfernt irgendwas mit Erziehung zu tun hat?

CASULA *leicht indigniert*: Sie ist die kultivierteste und gebildetste aller Damen, sowie der Inbegriff der Ehrbarkeit selbst.

LADY BRACKNELL: Kein Zweifel, es **ist** dieselbe! Darf ich fragen, was für eine Stellung sie in Ihrem Haushalt einnimmt?

CASULA *scharf*: Erlauben Sie mal, gnädige Frau, ich habe Keuschheit gelobt!

JACK *schaltet sich ein*: Wenn Sie gestatten, Lady Bracknell, Miss Prism ist bereits seit drei Jahren Miss Cardews hochgeschätzte Gouvernante und treue Gesellschafterin.

LADY BRACKNELL: Trotz allem was ich von ihr höre, muss ich sie unverzüglich sehen. Lassen Sie doch nach ihr schicken, ja?

CASULA *wirft einen Blick hinaus*: Oh, da kommt sie ja schon!

MISS PRISM tritt eilends auf.

MISS PRISM: Mein lieber Herr Doktor, man hatte mir gesagt, Sie warteten in der Sakristei auf mich. Und nun warte ich auf Sie, jetzt fast schon seit zwei Stunden. *Erblickt LADY BRACKNELL, welche sie seit geraumer Zeit eisig anfunkelt. MISS PRISM erbleicht und ihr wird sichtlich bange. Ängstlich sieht sie um sich, als würde sie am liebsten die Flucht ergreifen.*

LADY BRACKNELL *streng, wie eine Staatsanwältin beim Verlesen der Anklage*: Prism! *MISS PRISM lässt beschämt den Kopf sinken.* Hierher, Prism! *MISS PRISM nähert sich demütig.* Prism, wo ist das Baby? *Allgemeine Bestürzung. HOCHWÜRDEN CASULA fährt entsetzt zurück. JACK und ALGERNON machen Miene, als wären sie tatsächlich darum besorgt, CECILY und GWENDOLEN vor den Details jenes schlimmen, schlimmen Skandals zu schützen, den sie nun unvermeidlich hören müssen.* Vor achtundzwanzig Jahren, Prism, verließen Sie Lord Bracknells Haus, Upper Grosvenor Street einhundertvier mit einem Kinderwagen und einem kleinen Baby männlichen Geschlechts. Sie kamen niemals wieder. Einige Wochen später, nach intensiven Ermittlungen von Scotland Yard, fand man schließlich den Kinderwagen um Mitternacht an einer einsamen Straßenecke in Bayswater. Darin: Das Manuskript eines dreibändigen Romans, gradezu krimineller Kitsch. *MISS PRISM zuckt unwillkürlich empört zusammen.* Aber vom Baby keine Spur. *Alle sehen MISS PRISM an.* Prism, wo ist das Baby?

MISS PRISM: Ich schäme mich ja so, Lady Bracknell, aber ich muss gestehen, ich weiß es nicht. Leider. Ich wünschte nur, es wäre anders. Die Tatsachen sind schlicht und ergreifend folgende: Am Morgen eben jenes Tages – eines Tages, der mir auf ewig eingebrannt ist ins Gedächtnis – schickte ich mich an, das Baby spazierenzufahren, wie üblich. Ich nahm auch meine Tasche mit, eine schon etwas ältere, ganz gewöhnliche Reisetasche, in die ich mein Manuskript – die Frucht meiner wenigen Mußestunden – stecken wollte. In einem Moment geistiger Abwesenheit, den ich mir niemals vergeben werde, legte ich das Manuskript in den Kinderwagen und steckte das Baby in die Tasche.

JACK, *der mit wachsender Spannung ihren Worten gelauscht hat*: Aber was haben Sie nur mit der Tasche gemacht?

MISS PRISM: Fragen Sie nicht, Mister Worthing!

JACK: Miss Prism, die Sache ist äußerst wichtig für mich. Ich muss unbedingt wissen, was aus der Tasche mit dem Baby geworden ist.

MISS PRISM: Die habe ich auch nicht mehr. Ich ließ sie in der Gepäckaufbewahrung am Bahnhof.

JACK: In welchem Bahnhof?

MISS PRISM *zerschmettert*: Victoria Station… Die Brighton Line… *Sinkt in einen Sessel.*

JACK: Ich muss mal kurz auf mein Zimmer. Gwendolen, wartest du hier auf mich?

GWENDOLEN: Wenn du nicht zu lange brauchst, mein Schatz, werde ich mein ganzes Leben lang hier auf dich warten.

In großer Aufregung stürzt JACK hinaus.

CASULA: Was glauben Sie, soll das wohl bedeuten, Lady Bracknell?

LADY BRACKNELL: Ich wage es nicht, auch nur im Mindesten darüber nachzudenken, Hochwürden. Ich brauche Ihnen ja wohl kaum zu sagen, dass in den guten Familien seltsame Zufälle nicht vorkommen sollten. Sie gelten eben nun einmal als – sagen wir einfach – nicht ganz schicklich.

Lärm von oben, als ob jemand Koffer durcheinanderwirft. Alle sehen empor.

CECILY: Onkel Jack scheint ja aber ganz seltsam erregt.

CASULA: Dein Vormund ist eben nun mal sehr sensibel.

LADY BRACKNELL: Das klingt ja wirklich äußerst unerfreulich – fast so, als hätte er eine Auseinandersetzung. Ich verabscheue Auseinandersetzungen, egal welcher Art auch immer. So etwas ist einfach nur primitiv und oft auch noch…überzeugend.

CASULA *sieht empor*: Oh, jetzt ist Ruhe.

Der Krach setzt wieder ein – diesmal in doppelter Lautstärke.

LADY BRACKNELL: Ich wünschte wirklich, er würde jetzt endlich mal zu einem Ergebnis kommen!

GWENDOLEN: Die Spannung ist einfach schrecklich. Hoffentlich hält sie an.

JACK tritt auf, in der Hand eine schwarze Reisetasche aus Leder.

JACK *stürzt zu MISS PRISM*: Ist das die Tasche, Miss Prism? Sehen Sie sie sich gründlich an, bevor Sie reden. Das ganze Glück mehr als nur eines Lebens hängt jetzt von Ihrer Antwort ab.

MISS PRISM *ruhig*: Tja... das scheint wohl meine zu sein. Oh ja... hier ist ja auch die Schramme, die sie in jüngeren und glücklicheren Tagen davontrug, als damals in der Gower Street der Bus umkippte. Und zu diesem Flecken hier im Futter kam es damals im Leamington Spa, als mir die Flasche zerbarst... natürlich nur eine Flasche mit einem alkoholfreien Getränk... Oh! Und hier auf dem Schloss sind ja auch meine Initialen. Ich hatte ganz vergessen, dass ich sie mal in einem Anflug von Extravaganz dort hatte anbringen lassen. Ja, das ist zweifellos meine Tasche. Ich freue mich wirklich sehr, sie so unerwartet zurückzubekommen. Ehrlich gesagt war es doch etwas unangenehm, all die Jahre so ganz ohne sie.

JACK *pathetisch*: Miss Prism, Sie bekommen sogar noch viel, viel mehr zurück als nur diese Tasche. Ich bin das Baby, das Sie damals hineingelegt haben.

MISS PRISM *verblüfft*: Sie?

JACK *umarmt sie*: Ja – Mutter!

MISS PRISM *weicht zurück, völlig perplex und sichtlich entrüstet*: Mister Worthing – ich bin nicht verehelicht!

JACK: Wie bitte? Gar nicht verheiratet? Ich muss gestehen, das ist ein schwerer Schlag für mich. Aber wer auf der Welt kann schon von sich behaupten, er habe das Recht, den ersten Stein zu werfen – und dann auch noch auf einen Menschen, der so viel gelitten hat? Kann ehrliche Reue denn etwa nicht einen dummen Ausrutscher wiedergutmachen? Warum soll es ein Gesetz für Männer geben und ein anderes für Frauen? Mutter, ich verzeihe dir! *Versucht wieder sie zu umarmen.*

MISS PRISM *noch empörter*: Mister Worthing, das ist doch wohl eindeutig ein Irrtum! *Zeigt auf LADY BRACKNELL.* Hier steht die Dame, die Ihnen sagen kann, wer Sie tatsächlich sind.

JACK *nach einer Pause*: Lady Bracknell, ich frage ja wirklich nur äußerst ungern, aber würden Sie mir bitte freundlicherweise mitteilen, wer ich denn jetzt eigentlich bin?

LADY BRACKNELL: Ich fürchte, die Nachricht wird dir nicht sonderlich gefallen.

Du bist der Sohn meiner armen Schwester, Mrs Moncrieff, und folglich Algernons älterer Bruder.

JACK: Algys älterer Bruder! Also habe ich doch einen Bruder. Ich hab 's gewusst! Hab' ich es doch gewusst, dass ich einen Bruder habe – ich hab 's ja schon immer gesagt! Cecily, Cecily, wie hast du nur je an meinem Bruder zweifeln können! *Schnappt sich ALGERNON und präsentiert ihn den Anderen.* Dr. Casula, dieser beklagenswerte junge Mann hier ist mein Bruder. Miss Prism, mein armer Bruder. Gwendolen, mein armer Bruder. Algy, du kleiner Strolch, in Zukunft wirst du mich wohl respektvoller behandeln müssen. Dein ganzes Leben lang hast du dich mir gegenüber nie wie ein Bruder benommen.

ALGERNON: Tja, alter Knabe, ich geb 's zu, das ist nur allzu wahr – wenn man mal absieht von heute Nachmittag. Da hab' ich doch wirklich mein Bestes gegeben, obwohl ich im Grunde gar keine Erfahrung auf diesem Gebiet habe. *Drückt ihm die Hand.*

GWENDOLEN *zu Jack*: Mein Schatz! Aber wie heißt du denn nun eigentlich, jetzt wo du doch ein Andrer geworden bist?

JACK: Du meine Güte, das hatte ich ja ganz vergessen! Was meinen Namen angeht, steht dein Entschluss doch wohl ein für allemal fest, nehme ich an?

GWENDOLEN: Ich ändere nie meine Meinung. Ich wechsle allenfalls das Objekt meiner Zuneigung.

CECILY: Oh, Gwendolen, was hast du nur für einen edlen Charakter!

JACK: Dann sollten wir die Sache besser augenblicklich klären. Tante Augusta, einen Augenblick bitte. Damals, als mich Miss Prism in der Tasche vergessen hat, war ich da eigentlich schon getauft?

LADY BRACKNELL: Jeder erdenkliche Luxus, den man für Geld nur kaufen kann, einschließlich der christlichen Taufe, ist dir im Überfluss zuteil geworden. Dafür haben deine dich über alles liebenden Eltern schon gesorgt.

JACK: Also bin ich getauft worden. Das wäre dann jetzt schon einmal geklärt. Und auf welchen Namen denn nun eigentlich? Lass mich das Schlimmste wissen.

LADY BRACKNELL: Als ältester Sohn wurdest du natürlich nach deinem Vater genannt.

JACK *gereizt*: Ja, und der Name meines Vaters...?!

LADY BRACKNELL *sinnend*: Ich kann im Moment einfach nicht drauf kommen, wie der Vorname des Generals denn nun lautete. Er wird schon irgendeinen gehabt haben, da bin ich mir ziemlich sicher. Er war zwar schon etwas wunderlich, dein Vater, das muss ich zugeben, aber das war erst später. Und schuld daran war auch nur das indische Klima und die Ehe und seine Verdauungsprobleme und was dann sonst noch so alles dazukam.

JACK: Algy, kannst du dich denn nicht an den Vornamen unseres Vaters erinnern?

ALGERNON: Aber mein lieber Junge, wir haben doch niemals auch nur ein Wort miteinander gesprochen, er und ich. Er starb, noch bevor ich ein Jahr alt war.

JACK: Aber sein Name müsste doch sicherlich in den damaligen Offizierslisten auftauchen, nicht wahr, Tante Augusta?

LADY BRACKNELL: Der General war zwar im Grunde genommen ein Mann des Friedens – nur nicht zu Hause, bei seiner Familie – aber ich bin mir ziemlich sicher, dass sein Name in jedem militärischen Verzeichnis zu finden sein müsste.

JACK: Genau so etwas hab' ich hier. Unsere sämtlichen Army Lists der letzten vierzig Jahre. Diese wunderbaren Aufzeichnungen hätten meine ständige Lektüre sein sollen. *Stürzt zum Bücherschrank und reißt die Bücher heraus.* M. Generäle: Mallam, Maxbohm, Magley – du meine Güte, was für schräge

Namen – Markby, Migsby, Mobbs, Moncrieff. Leutnant, 1840, Hauptmann, Oberstleutnant, Oberst, General 1869, Vorname: Ernst-John. *Legt das Buch aus der Hand und sagt ganz ruhig und gefasst:* Hab' ich es dir nicht schon immer gesagt, Gwendolen? Mein Name ist Ernst. Tatsächlich Ernst! [*Verbessert sich.*] Äh… ich meine natürlich, das war doch wohl klar, dass ich Ernst heiße.

LADY BRACKNELL: Ach ja, jetzt erinnere ich mich! Ernst hieß der General. Ich wusste doch, dass ich einen ganz bestimmten Grund hatte, warum ich diesen Namen nicht mag.

GWENDOLEN: Ernst, mein Schatz! Ernst meines Lebens! Von Anfang an schon hab' ich es gefühlt, dass du keinen anderen Namen haben konntest.

JACK: Gwendolen, es ist ein schreckliches Gefühl für einen Mann, wenn er auf einmal feststellen muss, dass er sein ganzes Leben lang nur die Wahrheit gesagt hat, die Wahrheit und nichts als die Wahrheit. Kannst du mir verzeihen?

GWENDOLEN: Gewiss. Denn ich fühle es, dass du dich ganz sicher noch ändern wirst.

JACK: Geliebte!

CASULA *zu MISS PRISM*: Laetitia! *Umarmt sie.*

MISS PRISM *begeistert*: Frederick! Endlich!

ALGERNON: Cecily! *Umarmt sie.* Endlich!

JACK: Gwendolen! *Umarmt sie.* Endlich!

LADY BRACKNELL: Mein lieber Neffe, ich glaub', so langsam aber sicher wird die ganze Geschichte jetzt wohl endgültig trivial.

JACK: Ganz im Gegenteil, Tante Augusta. Ich habe nämlich soeben etwas sehr Wichtiges, um nicht zu sagen Lebenswichtiges gelernt: Ernst sein ist alles.

Vorhang.

Ende

Anmerkungen

[1] *Anm. S. 7:* Im Original *Dr. Chasuble*, von engl. chasuble (=Messgewand)
[vgl. auch z.B. WILDE, OSCAR: *The Importance of Being Earnest*. Edited by RUSSEL JACKSON. London: A&C Black; New York: WW Norton, 1980 (reprinted 2001) (=New Mermaids), S. 4; im Folgenden abgekürzt mit OW].
Da aber *Chasuble* in einer anderen Bedeutung als Fremdwort ins Deutsche Eingang gefunden hat, nämlich als *ärmelloses Überkleid für Frauen nach Art einer Weste* (siehe *Duden – Deutsches Universalwörterbuch*), wurde der Pfarrer umbenannt; und zwar nach dem mittellateinischen *casula,* wovon sich sowohl *Kasel* (siehe *Duden – Deutsches Universalwörterbuch*), als auch (indirekt) *chasuble* (siehe *Oxford Dictionary of English*) herleiten.

[2] *Anm. S. 27:* Wortlaut des Originals:
ALGERNON: *Literary criticism is not your forte[,] my dear fellow. Don't try it. You should leave that to*

people who haven't been at a University. They do it so well in the daily papers. (OW: 14).

[3] *Anm. S.* 28:Wie Wilde auch selbst an Lord Alfred Douglas schrieb. Belegt durch z.B. WILDE, OSCAR: *De Profundis* [. Unabriged]. Mineola, New York: Dover Publications, Inc. , 2013 (=Dover Thrift Editions), Kindle E-Book, Position 99 f.
Zur Orientierung für User des Epub-Formats: Von „We did not seperate as a rule" bis „to Calais to fetch [you back, Position 101]", Stichwort *Willis's.*

Eingriffe des Übersetzers in den Text der *Importance of Being Earnest* sind durch [ ] markiert.

[4] *Anm. S.* 38:Wortlaut des Originals:
[*LADY BRACKNELL:*] *I'm sure the programme will be delightful after a few expurgations.* (OW: 21).

[5] *Anm. S.* 52:Wortlaut des Originals:
[*LADY BRACKNELL:*] *What are your politics?*

JACK: Well, I am afraid I really have none. I am a Liberal Unionist.

LADY BRACKNELL: Oh, they count as Tories. They dine with us. Or come in the evening at any rate. (OW: 29f.)

Die *Liberal Unionists* spalteten sich 1886 von den britischen Liberalen ab, da der damalige Premierminister William Ewart Gladstone die *Home Rule*, die Erlangung der irischen Selbstverwaltung auf parlamentarischem Weg, unterstützte. Bezüglich Jacks Antwort weist Jackson jedoch ausdrücklich darauf hin, dass „Jack uses the term as if it were the equivalent of 'don't know' " (OW: 29, Anm. zu 533-4).

In der entsprechenden Anmerkung der Ausgabe der *Oxford World's Classics* bemerkt Peter Raby, dass Lady Bracknell [so; *M.S.*] einen [damaligen britischen; *M.S.*] Liberalen [ganz sicher; *M.S.*] nicht [zum Dinner; *M.S.*] eingeladen hätte [vgl. RABY, PETER: *Explanatory Notes.* In: WILDE, OSCAR: *The Importance of Being Earnest and other plays.*

Oxford, New York: Oxford University Press,
1998 (= Oxford World's Classics),
S. 361, Anm. 519].
Die vorliegende Übertragung, welche eine
Bühnenfassung bieten möchte, die ohne
Hintergrundinformationen auskommt,
erlaubt sich eine Aktualisierung der Pointe.

[6] *Anm. S. 54:* Belegt durch z.B. Wilde, *De
Profundis* (2013) (Kindle), Pos. [320, Ende +]
321.
Zur Orientierung für User des Epub-Formats:
Stichwort *Worthing.*

[7] *Anm. S. 60:* Wortlaut des Originals:
JACK: Is that clever?
ALGERNON: It is perfectly phrased! And quite as
true as any observation in civilized life should be.
JACK: I am sick to death of cleverness. Everybody is
clever nowadays. You can't go anywhere without
meeting clever people. The thing has become an
absolute public nuisance. I wish to goodness we had a
few fools left. (OW: 34)

In der dazugehörigen Anmerkung seiner Ausgabe (OW: 34, Anm. 628-9) gibt Jackson einen Überblick über die verschiedenen Entwicklungsstufen Wildes von Algernons Entgegnung vor ihrer endgültigen Gestalt „[a]nd quite as true as any observation in civilized life should be" (ebd.).

[8] *Anm. S.* 65: The *Promenade* im damaligen *Empire Theatre of Varieties* am Leicester Square war dafür berüchtigt, dass dort Prostituierte zu finden waren. Vergleiche hierzu auch die entsprechenden Anmerkungen von Jackson (OW: 37, Anm. 686) und Raby [Wilde / Raby (Hrsg.), *The Importance of Being Earnest and other plays*, 1998, S.363, Anm. 664).

[9] *Anm. S.* 177: Wortlaut des Originals:
CASULA: I am grieved to hear such sentiments from you, Mr Worthing. They savour of the heretical views of the Anabaptists, views that I have completely refuted in four of my unpublished sermons.
(OW: 96 f.).